象棋的故事

Chess Story

茨威格小说精选

[奥]
斯蒂芬·茨威格 著

韩耀成 译

陕西师范大学出版总社

译 者 序

　　斯蒂芬·茨威格（1881—1942）曾说："作为一个奥地利人、犹太人、作家、人道主义者、和平主义者，恰好站在地震带上。"而这个"地震最剧烈的地方"就是德国和奥地利。作家生活在 19 世纪末期至第二次世界大战期间，一生经历了两次世界大战。这个命途多舛的时代、动荡不安的世界，给他的生活打上了深深的烙印。他亲历了革命、饥馑、通货膨胀、货币贬值、时疫疾病和政治流亡……

　　1942 年 2 月 22 日，茨威格与夫人洛蒂在巴西里约热内卢近郊彼德罗保利斯的寓所，以极其理智和平静的方式，有尊严地结束了宝贵的生命，以此来对灭绝人性的法西斯表示抗议。

　　茨威格是一位心理现实主义大师。尼采哲学和弗洛伊德精神分析学对他的创作有很大影响，他的小说几乎都是心理小说。

人的心理是一个值得开垦的广阔领域。丹麦批评家勃兰兑斯说："人心并不是平静的池塘，并不是牧歌式的林间湖泊。它是一片海洋，里面藏有海底植物和可怕的居民。"茨威格就是这片心灵海洋的不知疲倦的勇敢探险者。他认为："内心的无限，灵魂的宇宙还为艺术打开了取之不尽的领域。对灵魂的发现，对自我的认识，将成为我们——变得智慧的人类——将来越来越大胆地破解又无法最终解开的课题。"茨威格对心理问题有着特殊的偏爱，谜一样的心理活动对他具有难以抑制的诱惑。他一生孜孜不倦地探索人类心理活动的奥秘，热衷于对人物进行心理分析。其中弗洛伊德学说对他的影响是一个重要因素。弗洛伊德是茨威格最亲密的朋友之一。茨威格十分推崇弗洛伊德的潜意识理论，认为它向人们指出了进入人的灵魂、探索人的深层心理之路。

　　这次上海雅众策划，陕西师范大学出版总社出版了两本茨威格小说集：《恐惧》和《象棋的故事》①。这两本茨威格小说集不仅充分凸显了雅众"以女性文学兼具人文关怀的作品为主"的出版方向，而且涵盖了茨威格作品的基本主题和特色。《恐惧》所收的三篇都是描写激情和情欲的女性小说；《象棋的故事》所收的八篇主题多元：描写青少年青春期心理、表现激情与情欲、歌颂坚贞爱情、针砭时弊与揭露纳粹罪行。雅众独到的见解和眼光令人刮目相看，套用时下流行的"锐说"、"锐评"之谓，雅众的这种锐意进取的编辑风格，我们完全可以称

_____

① 该作品名德文原意为《国际象棋的故事》，考虑到《象棋的故事》这一译名流传已广，国内读者也已经耳熟能详，故本书采用后者。

之为"锐编"。

茨威格的小说最引人注目的主题，一是对激情的揭示和对女性心理的出色描绘，二是对青少年青春期心理的关注。

茨威格的小说绝大多数都写到激情的遭遇，这种激情带有深深的精神分析的印记。在他的笔下，激情就是潜意识中的原始欲望，也就是本能冲动，是潜意识中释放出来的"力必多"。茨威格喜欢深入到人物的内心世界，烛幽洞微，去发掘人物内心最隐秘的角落。小说中的主人公往往受到激情、情欲的煎熬和驱使，一辈子都在啜饮潜意识中激情、情欲所酿成的苦酒，有的还导致悲剧性的后果。茨威格的心理分析小说像是精确的心电图，记录着主人公心灵颤动的曲线。小说的主人公大多是一些抵抗不住命运摆布的人物，作家从不同的角度表现了本能冲动对主人公行为方式的支配作用，以及对其命运的决定性影响。

茨威格是位善于洞察和表现女性内心活动的作家，在塑造女性形象，揭示女性心理方面堪称独步。《恐惧》所收的三篇都是激情、情欲小说。《一个陌生女人的来信》和《一个女人一生中的二十四小时》是茨威格两篇最为著名的脍炙人口之作，最典型地呈现出了作家的创作风格和艺术特色，弗洛伊德的影响也最为明显。在《一个陌生女人的来信》中，那位陌生女子身上所焕发出的激情，就是本我或潜意识中原始的、与生俱来的本能欲望和冲动。女主人公的信写得缠绵悱恻，情意缱绻，如诉如怨，袒露了一个女子最隐秘的心理活动。这篇巧妙地安排在两性关系上的小说，把爱情写得如此纯洁和崇高，不但彰显出茨威格高超的写作技巧，也反映出作家纯清的思想境界和高尚的情操，难怪我国作家刘白羽读后禁不住惊呼："真是一部惊人的杰作！"高尔基在谈到这篇小说时动情地说，作品"以其惊人的诚挚语调，对女人超人的温存、主题的独创性，以及只有真正的艺术家才具有的奇异表现力，使我深为震动……由于对女主人公的同情，由于她的形象以及她悲痛的心曲使我激动得难以自制，我竟毫不感到羞耻地哭了起来。"《一个女人一生中的二十四小时》中，女主人公 C 夫人在情欲的驱使下，对赌徒的一时委身转变为真诚的爱，她愿意抛弃一切，追随所爱的人走向天涯海角。谁知她的无私奉献换来的却是赌徒的辱骂。这二十四小时的经历像梦魇一样压在她的心头，使她的后半生一直背负着沉重的精神十字架。小说对潜意识心理的描写令人叹为观止。高尔基认为《一个女人一生中的二十四小时》比茨威格的其他中短篇"更见匠心"，并称茨威格是"以罕见的温存和同情来描写妇女"。

值得一提的是，这篇小说的主要特点除了心理描写外，还有不同凡响的细部特写，尤其是对赌徒的手部下意识动作的描写，更是精彩绝伦。茨威格将这位年轻赌徒的全部激情都聚焦在他的这双手上，刻画得惟妙惟肖，卓荦观群，成了世界文学史上最精彩的亮点之一。故事的主角，一位满头银发、娴静高雅的六十七岁英国贵妇，二十年前在蒙特卡洛的赌场被赌徒的这双手所迷住，演绎出二十四小时之内跌宕起伏、扣人心弦、荡气回肠的故事。弗洛伊德在《陀思妥耶夫斯基和弑父》的文章中，论述了茨威格对赌徒这双手的描写，并从精神分析的角度作出阐释，认为小说中赌瘾是手淫的替代物，C夫人等同于母亲。年轻赌徒幻想：倘若母亲得知手淫会带给他很大危害，她一定会让我在她身上获得种种温存，以救我于危境之中的。而母亲则将爱情无意识地转移到儿子身上，在这个未设防的地方，命运将她攫住了。尽管我们可以不认同弗洛伊德的分析，但他的这篇文章无疑为茨威格这篇小说之闻名于世给力不小。

《恐惧》也是激情和情欲小说，以引人入胜的心理描写著称。女主人公伊蕾娜红杏出墙，遭人跟踪和敲诈，过了一段提心吊胆的日子，精神濒于崩溃，最后丈夫原谅了她，对她更加温柔体贴。《朦胧夜》《月光巷》和《里昂的婚礼》也是同一主题。茨威格写激情、情欲的女性小说还有很多，难怪很多评论家惊叹，茨威格"对女性心理的分析，已经近乎走火入魔"。但是茨威格写激情冲动的不仅在女性小说，在一些以男性为主人公的作品中，同样也有瞬间爆发的激情遭遇，《森林上空的那颗星》中，那位饭店跑堂的卧轨殉情就是一例。《象棋的故事》中的B博士在下棋过程中下意识哆嗦的双手和忘我的神情就是身上激情瞬间被激发出来的表现。由此可见，这些作品中的人物大都是耽于某种思想的偏执狂。茨威格坦言："我平生对患有各种偏执狂的人，一个心眼儿到底的人最有兴趣，因为一个人知识面越是有限，他离无限就越近；正是那些表面上看来对世界不闻不问的人，在用他们的特殊材料像蚂蚁一样建造一个奇特的、独一无二的微缩世界。"（《象棋的故事》）

关注少男少女青春前期和青春期的心理，是茨威格小说的另一个重要主题。青春期是人生旅程中的一个重要驿站。情窦初开的少男少女，他们的心理最为敏感，对成人世界，尤其是对两性关系怀着恐惧、羞涩与好奇。在作家眼里，儿童、少年朦胧的性意识觉醒似乎是他们必行的"成人礼"，有了"初次经历"和对"灼人的秘密"的追踪和探索，青少年们打开了感情世界的大门。《朦胧夜》《家庭女教师》和《夏天的故事》等描写的都是少男少女青春萌发期的内心情感和心理、生理的变化。在世界文学史上，像茨威格这样对青少年青春期的心理给予那么大关注的作家还不多见。茨威格这一题材的小说大多写于上世纪 20 年代以前，这恐怕与当时奥地利的社会环境不无关系。从心理学的角度来说，处在青春期的青少年，他们内心骚动不安，会对两性问题感到神秘好奇完全是正常现象。社会和学校应该通过性启蒙教育给予他们正确的引导。可是，19 世纪末 20 世纪初的奥地利，人们都小心翼翼地回避性的问题，认为它是造成不安定的因素，有悖于当时的伦理道德。青年男女很少有无拘无束的真诚关系，他们的正常交往也受到社会道德规范的种种限制。在这种情况下，茨威格对青春期青少年心理所作的细致入微的研究和真实生动的描绘，不啻是对当时资产阶级的虚伪道德和奥地利学校教育的有力批判，是对家庭、学校和社会忽视青少年青春期教育的严肃控诉。

由于茨威格的作品表现的大多是激情、情欲及其后果，往往给人以游离于时代、社会之外的印象，但是他也创作了一批直面现实、针砭时弊、反战、揭露和批判纳粹罪行的作品，而且写得极其深刻，精彩感人，如《象棋的故事》《看不见的收藏》《日内瓦河畔的插曲》《巧识新艺》《书商门德尔》和《栖梏》等。

《看不见的收藏》是一篇针砭时弊的小说，真实地反映了第一次世界大战后德国食品匮乏、饥馑严重、通货膨胀、货币贬值的社会情况。酷爱艺术的老林务官倾其所有，逐年收藏了一批艺术珍品。后来，他的眼睛瞎了，在战后饥荒年代，为了活命，他的家人只得瞒着老人出卖这些价值连城的藏品。虽然每件珍品能卖得一笔巨款，但在货币贬值的年代，卖得的巨款转瞬就变成了一堆废纸。这些描写是当时德国社会情况的真实写照。对于人民的苦难，茨威格充满了同情和爱心，这篇小说感人至深，催人泪下。

《象棋的故事》完成于1942年初，作家自杀前不久。小说抨击纳粹对人们残酷的精神迫害。茨威格，这位视精神劳动为世上最珍贵财富的诗人，在他生命的最后时刻仍然笔耕不辍，完成了这部晚年杰作《象棋的故事》以及自传《昨日的世界》和其他作品。《象棋的故事》中心理描写极其深刻，情节跌宕起伏，具有强烈的震撼力，拿起它，就想一口气读完。为了创作这篇小说，茨威格专门买了一本国际象棋棋谱来研习，并和夫人一起按棋谱上的名局摆棋。他认真严肃的创作态度由此可见一斑。

与19世纪司汤达、巴尔扎克、福楼拜和托尔斯泰等批判现实主义大师不同，茨威格对自己笔下的人物不是无情揭露，残酷解剖，而是怀着巨大的同情、温馨的包容与爱心，叙说人物的遭遇和不幸。对律师的妻子伊蕾娜和年轻的钢琴家发生的婚外情，非但没有"围观"，还给予了温馨的谅解（《恐惧》）；

那位满头银发的C夫人当年委身于赌徒，还遭到辱骂的痛苦经历，丝毫没有加以耻笑和鄙视，还赋予她的行为以高尚的动机，对她的所作所为给予了真诚的理解和同情（《一个女人一生中的二十四小时》）；饭店跑堂对伯爵夫人一见钟情，竟以殉情来了却自己无法实现的心愿，作家并没有嘲笑他"癞蛤蟆想吃天鹅肉"，而是对他表示同情和惋惜（《森林上空的那颗星》）；《一个陌生女人的来信》中作家把无私奉献的爱、坚韧不拔的品性、不卑不亢的自尊等这些人类的美德都赋予了这位陌生女子，以此来与"上等人"的生活空虚和道德败坏相对照……这样的例子在茨威格的作品中俯拾皆是。茨威格始终坚持人道主义理想，对人，特别是对"小人物"、弱者、妇女，以及心灵上备受痛苦煎熬的人给予同情和爱心，对主人公的遭遇和不幸，对他们人性的缺憾与弱点给予真诚的谅解和宽容。

茨威格的作品，语言富于音乐性和韵律美，结构精巧，故事引人入胜，情节发展往往出乎人们的意想，心理描写和分析极为细致，景物描绘十分出色，擅长"戏中戏"的技巧，读后能给我们留下隽永的回味。这一切使他成为世上最受欢迎的作家之一。他的这些艺术特色也很符合中国读者的审美习惯，所以在我国，"茨威格热"一直经久不衰。

Stefan Zweig

目　录

象棋的故事
1

看不见的收藏
69

森林上空的那颗星
89

朦胧夜
103

家庭女教师
145

夏天的故事
169

月光巷
185

里昂的婚礼
209

象棋的故事

今天午夜有一艘巨型客轮将从纽约驶往布宜诺斯艾利斯。轮船即将起锚，此刻船上船下呈现一派常见的紧张和繁忙景象：码头上为朋友送行的客人拥挤不堪，歪戴着帽子的电报投递员穿过一个个休息室，高声喊着旅客的名字；有的旅客拽着箱子，手里拿着鲜花；孩子们好奇地在客轮的阶梯上跑上跑下，乐队不知疲倦地在甲板上卖劲地演奏。我站在上层甲板上同一位朋友聊天，稍稍避开这喧嚷的人群。这时，我们身旁闪光灯刺目地闪了两三下——大概是某位知名人士在起航前的一刻还在接受记者的快速采访和照相。我的朋友朝那边看了看，笑着说："岑托维奇在您船上，他可是个罕见的怪物。"听到他的话，我脸上显露出十分不解的表情，所以他接着便解释道："米尔柯·岑托维奇是国际象棋世界冠军。他在美国从东到西的巡回比赛中取得全胜，现在要乘船到阿根廷去夺取新的胜利。"

经他一说，我真想起了这位年轻的世界冠军，甚至还记起了他一鸣惊人、名满天下的若干细节，我的朋友看报要比我仔细得多，所以能拿好多奇闻轶事来补充我所知道的那点细节。大约在一年以前，岑托维奇一下子就跻身于阿廖欣、卡帕布兰卡、塔尔塔柯威尔、拉斯克、波戈留波夫等久负盛名的棋坛高手行列。自从七岁神童列舍夫斯基在 1922 年纽约国际象棋比赛中一鸣惊人以来，棋云上还从来没有因哪位无名之辈闯入名声显赫的高手行列之中而引起那么大的轰动。因为岑托维奇的智力素质一开始绝不会预示他的前程会那么光彩夺目，平步青云。他不久就露馅了：这位国际象棋大师在日常生活中无论用哪种语言都写不出一句没有错误的句子，正如一位被他惹恼的棋手尖刻地嘲讽的那样，"在任何方面，他都全方位地缺乏教养。"他父亲是多瑙河上一名赤贫的南斯拉夫船夫，一天夜里小船被一艘运粮食的轮船撞翻了，父亲遇难。当地那个偏僻小村里的神甫出于同情，便收养了这个当时才十二岁的孩子。这位好心的神甫想方设法给他辅导，以弥补这不爱说话、有点迟钝、脑门很宽的孩子在对校里未能学会的功课。

但是，神甫的心血全都白费了。岑托维奇两眼瞪着那几个给他讲了上百次的字总还是不认识；课堂上讲的最最简单的东西，他那迟钝的脑袋也理解不了。他都十四岁了，算数还得靠掰手指头，读书看报对这个半大不小的男孩子来说那是特别费劲的事。但是，这倒不能说岑托维奇不乐意或者脾气倔。让他干什么，他都乖乖地去干，挑水、劈柴，下地干活，收拾厨房，要他干的事，他样样都干得很认真，尽管慢腾腾得让人恼火。不过，最令好心的神甫生气的，还是这奇怪的孩子对什么事都漠不关心。你不专门叫他，他就什么也不干。他从不提问题，不和别的孩子一起玩，不特别关照他干什么事，他自己从来不去找活干。家务一干完，岑托维奇就坐在屋里发呆，目光空虚无神，就像牧场上的绵羊对周围发生的事情熟视无睹，无动于衷。晚上，神甫叼着农家的长烟斗，照例要同巡警队长杀三盘棋。这时，这位头发金黄的少年总是默默地蹲在一旁，沉重的眼皮下，那双眸子盯着画着格子的棋盘，好似昏昏欲睡、漫不经心的样子。

一个冬日的晚上，两位棋友正专心致志地在进行每天的对弈，这时从村道上飞快驶来一辆雪橇，叮叮当当的铃声越来越近，一个农民急匆匆地奔进屋来，帽子上积了一层白雪，他说，他的老母亲已经生命垂危，他恳请神甫尽快赶去，及时给她施行临终涂油礼。神甫毫不迟疑，当即随他前去。巡警队长杯里的啤酒还没喝完，他又点了一袋烟，正准备穿上他那双沉重的高腰皮靴回家，忽然发现岑托维奇的目光一动不动地紧紧盯着棋盘上刚开始的那局棋。

"嗨，你想把这盘棋下完吗?"巡警队长开玩笑说。他确信，这睡眼惺忪的小伙子连棋子都不会走。男孩怯生生地抬眼望着他，然后点了点头，就坐到神甫的位置上。只走了十四步棋，巡警队长就输了，并且不得不承认，他的失败绝非是不小心走了昏着的原因。第二盘棋的结局也没有什么改观。

"真是出现了'巴兰的驴子'①!"神甫回家以后惊奇地大叫起来，巡警队长对《圣经》不太熟悉，所以不懂这句话的意思。神甫便向他解释，说两千年前就发生过类似的奇迹：一头不会说话的牲口突然说出了智慧的话。尽管时间已晚，神甫还是忍不住要同他那半文盲的学生对弈一盘，岑托维奇也是不费吹灰之力就把他赢了。他的棋下得坚韧、缓慢、果断，他那俯在棋盘上的宽阔的脑袋连抬都不抬一下。他的棋下得极其稳健，无懈可击，接连几天巡警队长和神甫都没能赢过他一盘。神甫收养的这个孩子在其他方面智商极低，对于这一点他比谁都更了解，也更能作出评判。现在他当真很想弄明白，这种单方面的奇特的才能究竟能在多大程度上经受住更为严格的考验。他让岑托维奇到乡村理发师那儿把乱蓬蓬的金黄色的头发理一理，好让他显得有几分生气，然后就带他坐雪橇到邻近的小镇上去。他知道，小镇广场上的咖啡店的一角常常聚集着一群瘾头很大的棋友，根据经验，他知道自己不是这帮人的对手。这位头发金黄、脸颊通红的十五岁少年，今天身穿皮毛里翻的羊皮袄，脚蹬沉重的高腰皮靴。当神甫将他推进咖啡馆时，让在座的棋友感到十分惊讶。进了咖啡馆，少年怯生生地

① 巴兰的驴子，典出《旧约·民数记》第22章。后人用巴兰的驴子比喻比主人还聪明的人，或者比喻一贯沉默寡言、突然开口抗议的人。

低垂着双眼，诧异地立在一角，直到人家叫他到一张棋桌上去，他才动窝。第一盘岑托维奇输了，因为他在好心的神甫家里从未见过所谓西西里开局的下法。第二盘他就已经同镇上最优秀的棋手弈成和棋。从第三四盘开始，他就一个接一个地把所有对手杀得落花流水。

在南斯拉夫外省的小城里，激动人心的事情是很少发生的，所以这位农民冠军的初次亮相，对于集聚在那里的这帮绅士来说立即就成了轰动性的新闻。大家一致决定，无论如何也得让这位神童在城里待到明天，以便把国际象棋俱乐部的其他成员都召集起来，尤其是好到城堡里去通知那位狂热的棋迷——西姆奇茨老伯爵。神甫以一种全新的自豪心情打量着他所抚养的这个孩子，但是在为自己慧眼独具而感到乐不可支的时候，却不愿耽误自己的职责——应做的主日礼拜①，于是表示同意把岑托维奇留下来，作进一步的考验。于是年轻的岑托维奇由棋友出钱住进旅馆，当晚他第一次见到抽水马桶。第二天是星期日，下午棋室里挤满了人。岑托维奇一动不动地在棋盘前坐了四个小时，一言不发，连眼睛都不抬起来看一下，就战胜了一个接一个的所有棋手。最后有人建议下一盘车轮战。大家解释了好一会儿，才让这位脑袋不开窍的少年明白，所谓车轮战，就是他一个人同时跟好几个棋手对弈。岑托维奇一搞清楚这种下法，就进入状态，拖着他那双沉重的咯吱作响的靴

① 主日礼拜，主日即星期日。相传耶稣基督复活于星期日，故称该日为主日。

7

子缓步从一张桌子走到另一张桌子，结果八盘棋他赢了七盘。

此后，大家进行了广泛的讨论。虽然严格说来这位新冠军并非本城居民，可是当地的地区自豪感却熊熊地点燃了。这么一来，地图上的这座迄今为止还几乎没有被人注意的小城，说不定会第一次获得向世界输送一位名人的荣誉呢。一位名叫科勒的经纪人平时专门介绍女歌星、女歌手到驻军歌舞剧场去演出，这时也表示，他在维也纳认识一位杰出的小个子国际象棋大师，只要有人提供一年的资助，他就准备把这位年轻人安排到那里去接受棋艺方面的专门培养。西姆奇茨伯爵六十年来天天下棋，还从未遇到过这么一个奇特的对手，当即便认捐了这笔款项。从这一天开始，这位船夫的儿子就春风得意，青云直上了，令世人为之惊讶不已。

半年以后，岑托维奇便掌握了国际象棋技艺的全部奥秘。不过，他还有一个奇怪的弱点，这一弱点让他后来多次在行家面前露出马脚，并为他们所嘲笑。因为岑托维奇始终不会凭记忆下棋，用行话来说，就是不会下盲棋，即使下一盘也不行。他完全缺乏那种把棋盘置于无限的想象空间的能力。他面前总得有张画着六十四个黑白相间的方格的棋盘和三十二颗摸得着的棋子；在他享有世界声誉的时候，他还随身带着一副棋盘可以折叠的袖珍象棋，当他想把一盘名棋复盘或是解决某个问题时，直接就能具体看到棋子的位置。这点瑕疵本身是微不足道的，但却暴露出他缺乏想象力，这就像音乐界一位卓越的演奏家或指挥不打开乐谱就不能演奏或指挥一样。但是这个奇怪的缺憾并没有影响岑托维奇令人惊讶的飞黄腾达。他十七岁就获了十多个国际象棋奖，十八岁摘取匈牙利象棋比赛冠军，二十岁终于夺得世界象棋冠军。那些棋风最凌厉的冠军在智力、想象力和勇气方面个个都要比他高出不知多少，可是在他坚韧而冷峻的逻辑面前却一一败下阵来，就像拿破仑败在慢腾腾的库图佐夫手下，汉尼拔败在费边·康克推多手下一样，据李维的记述，康克推多也是在小时候就表现出冷漠和低能的显著特点。于是，卓越的国际象棋大师的画廊里第一次闯进了一位与精神世界完全不沾边的人。要知道，画廊中的国际象棋大师行列里汇聚了智力超凡的各种类型的人物——哲学家、数学家，以及计算精确、想象力丰富和往往富于创造性的人物——可是岑托维奇却只是个农村青年，他反应迟钝，寡言少语，即使是最精明的记者也休想从他嘴里套出一句有新闻价值的话来。当然，岑托维奇从不向报纸提供精练的警句格言，不久报上刊登了关于他这个人的大量逸事，这一点也就得到了弥补。在棋桌上，岑托维奇是无与伦比的大师，可是从他离开棋盘站起身来的那一刻起，他就成了一个荒诞不经的、近乎滑稽可笑的人物，而且无可救药。尽管他穿了一身庄重的黑西服，打了豪华的领带，领带上别了一枚有点显摆的珍珠别针，尽管对指甲作了精心修剪，但是他的整个举止风度仍然是那个头脑简单、在村里替神甫打扫房间的乡下少年。他极其粗俗吝啬，贪得无厌，想方设法利用自己的天赋和声望去捞取一切可以捞取的金钱，那样子既笨拙又厚颜无耻，惹得棋界同行觉得他既好笑又好气。他从一座城市到另一座城市，总是下榻在最便宜的旅馆；只要答应给他报酬，即使是最寒碜的俱乐部，他也去下棋；他同意把自己的肖像印在肥皂广告上，甚至不顾竞争对手的嘲笑——他们深知，他是个连三句话都写不好的草包——把自己的名字卖给一本叫作《国际象棋的哲学》的书，实际上为那个专门以逐利为目的的出版商撰写这本书的是一名加里西亚大学的学生，是个无名之辈。像所有性格坚韧的人一样，他也根本不懂得可笑一说，自从在世界比赛中取胜以来，他就自以为是世界上最重要的人物了，他觉得，所有那些绝顶聪明、才智过人、光彩夺目的演说家和著作家也都在他们各自的战场上被他一一斩于马下，尤其是他挣的钱比他们多，这个具体事实将他原来的犹豫不决变成了冷酷的、往往是拙劣地有意显露的趾高气扬。

　　"不过，这种平步青云怎么能不叫这空虚的脑袋感到飘飘然呢？"我的朋友说。他还给我讲了岑托维奇颐指气使、目空一切的可笑事例。"一个从巴纳特来的二十一岁的乡巴佬，突然间在木棋盘上摆弄几个棋子，在一星期之内赚的钱就比他全村人全年伐木和干重活辛辛苦苦挣的钱还多，他怎么能不踌躇满志，沾沾自喜呢？还有，要是一个人压根儿就不知道这个世界上曾经有过伦勃朗、贝多芬、但丁和拿破仑，那不是很容易把自己看作伟人吗？这小伙子那孤陋寡闻的脑袋里只知道一件事，那就是几个月来他从未输过一盘棋，而且正因为他不知道除了象棋和金钱之外，这个世界上还存在着其他有价值的东

10

西，所以他完全有理由沉缅于飘飘欲仙的感觉之中。"

我的朋友讲的这些情况大大激起了我特殊的好奇心。我平生对患有各种偏执狂的人、一个心眼儿到底的人最有兴趣，因为一个人知识面越是有限，他离无限就越近。正是那些表面上看来对世界不闻不问的人，在用他们的特殊材料像蚂蚁一样建造一个奇特的、独一无二的微缩世界。因此我对自己的意图毫不隐晦：在开往里约热内卢的十二天航程中仔细观察这位智力单轨发展的奇怪标本。可是，朋友提醒我："您的运气恐怕不会这么好。就我所知，迄今为止还没有一个人能从岑托维奇那里弄到一星半点可用作心理分析的材料。这个狡猾的乡巴佬虽然知识极其贫乏，但却非常聪明，从不暴露自己的弱点，其实他的办法极其简单，那就是除了从几家小旅店找来的境况与他相仿的几个同乡外，他不跟其他任何人说话。他只要感到有个有教养的人在场，就立刻爬进他的蜗牛壳，所以谁也无法夸口，说是曾经听到过他的一句蠢话，或是摸清了他缺乏教养到何种程度。"

确实，我的朋友说得不错。旅行头几天的情况就表明，不硬着脸皮去纠缠就根本不可能接近岑托维奇。当然，这种死皮赖脸的事我是做不出的。有时他倒也走上上层甲板，但每次总是反背着双手，目中无人，显出一副陷入沉思的样子，宛如那幅名画上的拿破仑。此外，在甲板上散步本来很逍遥，可是他总是匆匆忙忙、风风火火的样子，想跟他搭句话，你得跟在他后面小跑步才行。他又从来不在休息室、酒吧和吸烟室露面，我向服务员悄悄打听过，得知他一天的大部分时间都待在自己的舱房里，在一个大棋盘上研究棋局或把下过的棋重新摆一摆。

他的防御技术比我想接近他的意愿还要巧妙，为此三天以后我真的开始生气了。我一生中还从未有机会同一位国际象棋大师结识，现在我越是竭力想赋予这种类型的人以普通人性，就越觉得难以想象，人的大脑怎么能一辈子都完全围着一个有六十四个黑白方格的空间转呢！根据自己的切身体验，我知道这种"国王的游戏"① 具有神秘的魅力，在人所想出来的各种游戏中，唯有这种游戏绝对容不得半点偶然的随心所欲，它的桂冠只给予智慧，或者更确切地说，只给予某种特殊形式的天赋。那么，把国际象棋称作一种游戏，岂不是犯了侮辱性的限制之罪吗？它难道不也是一门学问，一种艺术，飘浮于这两者之间，就像穆罕默德的棺椁飘浮在天地之间一样？它难道不是一对对矛盾的无与伦比的结合吗？它是古老的，却又永远是崭新的；它在布局上是机械的，不过只有通过想象才能极尽其妙；它被限制在几何形的呆板的空间里，然而在其组合上却是无限的；它是不断发展的，但又是毫无创造性的；它是得不到结果的思想，是什么也算不出的数学，是没有作品的艺术，是没有物质的建筑，尽管那些，在其存在方面却证明比所有的书

---

① 德语 Schachspiel（国际象棋，下棋）一词是由 Schach（国际象棋）和 Spiel（游戏，玩）两字复合而成，意为"国王的游戏"。

籍和艺术作品更久长；它属于各个民族和各个时代，而且无人知晓，是哪位神灵把这种游戏带到人间来供人们消遣解闷，磨砺禀性，激励心灵的。它何处为始，何处为终？每个孩子都能学会它的初步规则，每个臭棋篓子都可以一试身手，然而就在这固定不变的小小的方块之内却会产生一类特殊的大师，与他们相比，所有其他的人都望尘莫及。他们只是在棋艺方面有天赋，他们是特殊的天才，在他们身上想象力、耐心和技巧也分配得十分精确，并一一起着作用，就像在数学家、诗人和音乐家身上一样，只不过层次和结合不同而已。从前观相术盛行的时候，要是加尔解剖了象棋大师的颅脑就好了，这样就可确定，这些国际象棋天才的大脑灰质是否有一种特殊的曲纹，他们的颅脑里是否有一种比常人更发达的象棋肌或象棋突。像岑托维奇这样的棋手，在绝对迟钝的智力中散布着特殊的天赋，就像在一百公斤不含矿质的岩石中含有一条金脉一般！他这样的实例要是激发起那些观相术家的兴趣就好了。这样一种独一无二的天才游戏是定会造就出特殊的棋王来的，对于这一点，一般来说，我一直都很清楚，然而很难想象，甚至不能想象，一个思想活跃的人竟一辈子把自己的世界仅仅局限在黑白方格之间狭窄的单行轨上，只在三十二颗棋子前后左右的挪动中寻找成功的喜悦，一个人开局先走马而不走卒竟是件了不起的大事，能在棋谱的某个不起眼的地方提到一笔就意味着不朽——总之，一个人，一个会思想的人，十年，二十年，三十年，四十年如一日，将自己思想的全部张力一次又一次可笑地用在把木头棋子"王"逼到木制棋盘上的角落里去，而自己竟没有发狂！

现在，这么一位了不起的人，这么一个奇特的天才，或者说这么一个谜一般的傻瓜第一次离我那么近，在同一艘船上，相隔仅六个船舱，但是我真倒霉，我虽然对有关精神方面的事最好奇，而且这种好奇心往往会变成一种激情，尽管这样，我还是未能接近他。于是我就想出一些荒诞透顶的计谋：我假装要为一家重要报纸去采访他，以刺激他的虚荣心；要不我抓住他贪得无厌的心理，建议他到苏格兰去参加一场报酬颇丰的比赛。末了我想起猎人的一个非常灵验的办法：要把山鸡引过来，就学山鸡交尾时的叫声。那么要把象棋大师的注意力吸引到自己身上来，难道还有比自己去下棋更有效的高招吗？

我一生中从来就不是一个正经八百的国际象棋艺术家，其原因十分简单，那就是我总不把下棋当一回事，只不过是下着玩玩的，要是我坐下来下一小时棋，那可不是为了去劳神费脑，相反，是为了使紧张的脑子得到放松。我是本着"玩"①这个字的真正意义下棋的，而别人，那些真正棋手却是为了"较量"。下棋和谈恋爱一样，必须有个对手，而此刻我还不知道，除了我们，船上是否还有其他爱下国际象棋的人。为了把他们引出洞来，我就在吸烟室里设下一个简单的圈套：我同我妻子在棋桌上对弈，尽管她的棋比我还臭。这样我们就像捕鸟

---

① 玩，德文是 spielen，意为"下国际象棋"。

人，网开一面，专等鸟儿来自投罗网。果然，我们走了还不到六个回合，有个人打旁边走过时就停了下来，还有一位请求我们允许他观战，最后来了一位我们所期盼的对手，他向我叫阵，要同我对弈一盘。他名叫麦克康纳，是苏格兰深井采油工程师，我听说，他在加利福尼亚钻探石油发了大财。从外表上看，麦克康纳体格粗壮，方方的腮帮结实坚硬，牙齿坚固，脸色很好，透着红润，大概是威士忌喝多了，至少这是一部分原因。引人注目的是他那宽阔的肩膀，真有点儿运动员的威武架式，可惜下棋的时候也锋芒毕露，因为这位麦克康纳先生是属于踌躇满志、极其自负的那种类型的人，即使是一盘无足轻重的棋，下输了，他也觉得是贬低了自己的人格。这位白手起家的大块头阔佬，生活中习惯于一意孤行，为自己的成功感到飘飘然，骨子里都渗透着顽固不化的优越感，因此他把任何阻力都看作是对他极不礼貌的反抗，几乎就等于是对他的侮辱。输了第一盘，他就沉下了脸，并且啰唆开了，蛮不讲理地说，这盘棋只是一时疏忽才输的，第三盘输了，他又把原因归之于隔壁船舱里声音太吵了，他每输一盘棋，绝不肯就此罢休，必定立即要求再下一盘。起初我觉得这种顽固的虚荣心很好玩，后来我想，我的本意是把世界冠军吸引到我们桌上来，所以只把他的虚荣心看作是实现我的意图的一种不可避免的伴生现象。

第三天我的计划成功了，但也只是成功了一半。岑托维奇无论是从上层甲板上看我们下棋，或是他只是偶尔光临一下吸烟室——反正，他一见我们这些门外汉竟在摆弄他的这门艺术，就下意识地走近了一步，从这个适当的距离朝我们的棋盘投来审视的一瞥。这时正好该麦克康纳走棋，这一步棋就足以让岑托维奇明白，对于他这位大师级的人来说，我们这点儿业余棋手的水平是不值得继续看下去的。就像我们在书店里人家向我们推荐一本蹩脚的侦探小说，我们看都不看一眼就露出不言而喻的表情将书搁在一边一样，现在他也以同样的表情从我们棋桌边走开，出了吸烟室。"他掂量了一下，觉得没意思。"我思忖，对他那种冷冰冰的、瞧不起人的目光心里有点生气。为了发泄一下我的气恼，我就对麦克康纳说："您这步棋大师似乎不怎么看得上眼。"

"哪个大师？"

我向他解释说，刚才从我们身边走过、并以鄙夷的目光看我们下棋的那位先生就是国际象棋大师岑托维奇。我还补充了一句，说，就让他去好了，我们两人认了，名人的鄙视不会使我们伤心的，穷人只有这点能耐。然而出乎我的意料，我随便这么一说，竟对麦克康纳先生产生了完全意想不到的作用，他立刻就激动起来，忘掉了我们的棋局，他的虚荣心上来了，激动得几乎可以听到心脏怦怦跳动的声音。他说，他根本不知道岑托维奇在船上，无论如何岑托维奇得跟他下盘棋。他一生中还从来没有跟一位世界冠军下过棋，除了有次跟另外四十个人一起同世界冠军下过一盘车轮战。就是那盘棋也够紧张的，当时他还差点儿赢了呢。他问我是否认识这位国际象棋冠军，我说不认识。他又问我想不想去跟他打招呼，把他请到我们这儿来？我没有答应，因为据我所知，岑托维奇不怎么愿意结识新交。另外，对一位世界冠军来说，跟我们这些三流棋手下棋又有什么吸引力呢？

嗨，对于一个像麦克康纳这样虚荣心很强的人，我是不该说什么三流棋手之类的话的。他生气地往后一靠，陡然说，就他而言，他不信一位绅士客气地去请岑托维奇下棋，会遭他拒绝。应他之请，我给他简要描述了这位世界冠军的为人。听了以后他便满不在乎地撂下我们这盘棋，心急火燎地冲到上层甲板上去找岑托维奇。我又一次感到，这位宽肩膀的人一旦想要干什么事，是谁都阻拦不了的。

我颇为紧张地等待着。十分钟以后，麦克康纳先生回来了，我觉得他不那么兴高采烈。

"怎么样？"我问。

"您说得不错，"他有点生气地回答。"他是个不怎么讨人喜欢的先生。我作了自我介绍，告诉他我是谁。他连手都没有伸给我。我试图让他明白，要是他跟我们下盘车轮战，我们船上所有的人都会感到骄傲，感到荣幸。妈的，他就是不答应。他说很遗憾，他同他的经纪人签了合同，合同特别规定，在整个这次巡回比赛期间，他不得下没有报酬的棋，而他的最低酬金是每盘二百五十美元。"

我笑了。"这点我倒从未想到，在黑白方格上那动几下棋子竟是一桩进项那么多的买卖。那么，我想，您也就客客气气地告辞了吧。"

然而，麦克康纳仍然十分严肃地说："棋局定在明天下午三点钟，就在这个吸烟室。我希望，不要让他不费吹灰之力就把我们杀得落花流水。"

"怎么？您同意给他二百五十美元了？"我惊诧地叫了起来。

"干吗不给？C'est son métier.① 要是我牙痛，而船上碰巧有个牙科大夫，我也不会白要他给我拔牙呀。这人要价很高，这是对的。各行各业里货真价实的行家也都是生意人。在我来说，买卖说得越清楚越好。我宁愿付现金，也不愿求什么岑托维奇先生对我大发慈悲，到头来还得感谢他。再说，我在船上的俱乐部里有个晚上输掉的就超过二百五十美元，而这还不是同世界冠军下呢。对'三流棋手'来说，败在岑托维奇手下也不算丢脸。"

我注意到，我说的"三流棋手"这句无辜的话竟深深伤害了麦克康纳的自尊心，我心里真觉得好笑。但是，既然他打算为这个玩笑付出昂贵的价码，那么对他的这种过分的虚荣心，我也就不好加以非议了，更何况他的虚荣心最终将介绍我去结识这个怪人呢。我们赶紧将这件行将发生的大事通知了迄今为止曾宣称自己是棋手的那四五位先生，并让人为即将举行的比赛作好准备，为了尽量不受过往旅客的干扰，不仅要把我们这张桌子，而且还要将紧挨着的几张桌子统统预先定好。

---

① 法语，他是吃这碗饭的。

第二天，我们的人在约定时间全部到齐。中间那个席位正对国际象棋大师，当然是给麦克康纳留的。他一支接一支地抽着很冲的雪茄，以缓和内心的紧张，并一再焦急地看手表。这位世界冠军让大家足足等了他十分钟之久——根据我朋友所讲的故事，我早就预感到他会来这一手的——这样，他出场时就更显出稳操胜券的神态。他从容不迫、泰然自若地走到棋桌旁。他也不作自我介绍，一来就以乏味的专业语气讲了各项具体安排，他的这种无理行为似乎是说："我是谁，你们都知道，至于你们是些什么人，我不感兴趣。"因为船上没有那么多棋盘，所以没法下车轮战，他就建议我们大家一起来应战他一个人。他说，为了不打扰我们商量，每走一步棋，他就到这房间头上的另一张桌子那去。遗憾的是没有小铃，所以我们每走了一步，马上就要用匙子敲敲杯子。他建议，如果我们没有异议，每步棋的时间最多为十分钟。我们像腼腆的小学生一样，对他的每项建议当然都表示同意，挑颜色时，岑托维奇挑了黑棋。他还站着就走了第一步，接着便立即转身走到他建议的位置上等候去了。他懒洋洋地往椅子上一靠，顺手拿起画报翻翻。

　　谈论这盘棋的本身，并没有多大意思。不言而喻，它的结局本在情理之中：以我们的彻底失败而告终，而且在第二十四回合就输掉了。一位世界冠军不费吹灰之力就横扫五六个中下流棋手，这事本身并不值得大惊小怪。令我们耿耿于怀的，只是岑托维奇盛气凌人的那副样子，他让我们大家清楚地感觉到，他轻而易举就把我们赢了。每次他都似乎只是漫不经心地朝棋盘上看一眼，懒洋洋地从我们身边走过，那神情就好像我们都是木头棋子似的。这种无理的姿态不由得叫人想起，有人朝癞皮狗扔去一根骨头，却不去看它一眼。其实照我看，他要是稍微通情达理一点，是可以指出我们的错误，或者说句客气话来对我们加以鼓励的。可是下完这盘棋，这个没有人性的国际象棋机器人连一个鼓励的字都没有说，在说了"将死了"之后就一动不动地站在桌子前等着，看我们是否还想跟他再下一盘。像人们对付厚颜无耻的粗鲁之辈一样，我站起来无可奈何地把手一摊，表明随着这桩美元交易的结束，至少就我来说，我们这场愉快的相识也就到此为止了。令我气恼的是，我身边的麦克康纳这时却声音沙哑地说道："再下一盘！"

麦克康纳挑战性的话简直使我大吃一惊，事实上他此刻给人的印象是个正要出拳的拳击家，而不是温文尔雅的绅士。也许这是他对岑托维奇对待我们的那种让人受不了的态度的回敬，也许仅仅是他一碰就跳起来的那种病态的虚荣心在作怪——反正麦克康纳的性格全变了。他满脸通红，一直红到额头的发根，由于心里生气了，他的鼻翼鼓鼓的。显然，他身上在冒汗，他紧紧咬着嘴唇，深深的皱纹从嘴角一直伸到雄赳赳地往前突出的下巴上。我在他的眼睛里发现了遏制不住的激情的烈焰，我心里感到不安。这种烈焰通常只有玩轮盘赌的赌徒，如果他下了双倍赌注，但接连六七次都没碰上他所押的那个颜色时才会出现。此刻我知道，这种狂热的虚荣心将使他同岑托维奇不停地对弈下去，按原来的赌注或者加倍，一直下到他至少赢一盘为止，即使要耗掉他全部资产也在所不惜。如果岑托维奇坚持奉陪到底，那么他就在麦克康纳身上发现了一个金窖，他在到达布宜诺斯艾利斯之前就可以从这个金窖里挖出好几千美金来。

岑托维奇一动不动。"请吧，"我客气地说，"现在该诸位先生执黑了。"

第二局也没有什么改观，只不过又来了好几位好奇者，所以我们这个圈子不仅扩大了，而且也活跃多了。麦克康纳两眼直愣愣地盯着棋盘，仿佛他要以赢棋的愿望对棋子施行催眠术似的。我感觉到，为了向对手这个冷血动物扯着嗓门欢叫一声"将死了"，即使牺牲一千美元，他也会兴高采烈的。奇怪的是，他那强忍的激动不知不觉中也感染了我们。现在，每走一步都要进行比第一局更为热烈的讨论，每次直到最后一刻，在大家都同意给信号叫岑托维奇过来的时候，总还会有人对大家的意见提出异议。渐渐的，我们走到第十七步了。这时出现了极为有利的局势，对此我们自己都感到惊奇，因为我们成功地把 C 线上的卒一直推进到倒数第二格的 C2，只要将卒往前推进到 C1，我们的座就可以升变为一个新后①了。由于这个胜机过于一目了然，我们心里反倒不很踏实，我们大家都心存疑

---

① 国际象棋规则规定，如果卒进到第8排，就可升变为具有最大威力的后或下变为车、象或马。

虑，担心这个表面上看来是我们取得的优势极可能正是岑托维奇故意给我们设下的圈套，因为他对棋局看得比我们远得多。但是无论我们大家怎么煞费苦心地探索和讨论，还是找不到这个暗藏的花招。最后，允许我们考虑的时间快完了，我们决定就冒险走这一着。麦克康纳的手指都碰到了卒，想把它推到最后一个方格里。这时他感觉到胳膊猛的一下被紧紧抓住，有人轻声而激动地对他耳语："上帝保佑！不能走这着！"

我们大家都情不自禁地转过脸去。一位大约四十五岁的先生，瘦削的脸上轮廓分明，脸色像石灰一样，白得出奇，先前在甲板上散步时他就引起过我的注意。几分钟前我们的全部注意力都集中在解决这步难棋上，他大概就是这时来到我们这儿的。他感觉到我们的目光都在注视着他，便匆匆补充道："您现在如果把卒子升变为后，他马上就会用象 C1 来吃掉它，您再回马吃掉象。但是，这期间他把他的通路卒走到 D7，威胁你们的车，你们即使跳马将军，也没有用，再走九到十步棋你们就输了。这同 1922 年皮斯吉仁大赛上阿廖欣与波戈留波夫交手时下的棋局几乎完全一样。"

麦克康纳大为诧异，其惊奇的程度绝不亚于我们。他放下手里的棋子，两眼紧紧盯着这位不速之客，这位像是从天而降、来助我们一臂之力的天使。一个能够预先计算出九步之后会有杀着的人，准是一流专家，说不定也是去参加这次国际象棋大赛的，没准还是冠军争夺者呢。他恰好在关键时刻突然到来并且伸出援助之手，这简直是异乎寻常的事。麦克康纳第一个回过神来。

"您有什么主意呢?"他激动地悄悄问道。

"卒子不要马上往前走,而是先避开!尤其是要先把王从 G8 这个危险位置撤到 H7。这样,他或许就转而进攻另一翼去了。不过您可把车从 C8 退到 C4 来阻挡,这样,他就得多走两步,丢掉一个卒,也就失去了优势。这么一来,盘面上就成了卒对卒,如果您防守不出破绽,就可以下成和棋。更高的奢望是达不到了。"

我们再次惊诧不已,啧啧称奇。他计算得那么精确和快速,真有点邪乎,这些步子他仿佛是照棋谱念的。真是意想不到,我们与世界冠军对弈的这盘棋在他的参与下,居然有下和的机会,怎么说也神了。我们大家不约而同地往旁边挪了挪,好让他看到棋盘。麦克康纳又问了一次:"那么就把王从 G8 走到 H7?"

"对!最要紧的是先避开!"

麦克康纳照此走了一着,我们敲了玻璃杯。岑托维奇迈着惯常的漫不经心的步子走到我们桌边,朝我们这步对着打量一眼,接着就把王翼的卒 H2 进到 H4,同我们这位素不相识的救星所预言的完全一样。这位陌生人这时激动地悄声说:"进车,进车,从 C8 进到 C4,这样他就非得保卒不可。不过他这样走也无济于事!您马 C3 进 D5,不用管他的通路卒,这样就重新建立了均势,随后就全力压过去,不用守了!"

我们不明白他所说的。对我们来说，他说的全是中文。①
不过一旦对他着了迷，麦克康纳也就不假思索地照他的意见行
棋。我们又敲了玻璃杯，把岑托维奇叫了过来。这回他第一次
没有迅速作出决定，而是紧张地注视着棋盘，随后他下的那着
棋正是这位陌生人先前就向我们点明的。岑托维奇落子以后正
转身要走，可是就在他尚未转身之前，发生了一件谁也没有意
想到的新奇事。岑托维奇抬起眼睛，把我们每个人都打量一
番，很显然，他是想找出那个一下子对他进行这么顽强抵抗的
人来。

　　从这一瞬间起，我们心情之激动到了难以估量的程度。在
此之前我们下棋的时候并没有抱多大的希望，现在我们都想杀
杀岑托维奇的冷漠和傲慢。这个想法使我们大家热血沸腾，兴
奋不已。但是，这时我们的新朋友已经对下一步棋作了安排，
我们可以把岑托维奇叫来了。我拿起匙子敲玻璃杯的时候，手
指都在发抖。现在我们第一个胜利已经到来了。岑托维奇此前
一直是站着下棋的，现在他犹豫了好一阵，终于坐了下来。他
坐下去的时候动作缓慢而迟钝，就这样，他与我们之间纯粹从
身体上来说，他迄今为止的那种居高临下的架势没有了。我们
迫使他至少在空间上同我们处于同一平面上。他考虑了很长时
间，低垂的眼睛一动不动地紧盯棋盘，因此几乎连他黑眼睑下
面的眼珠也看不到。在紧张的思考中，他的嘴慢慢地张开，这

---

① 以前欧洲人认为中文难学又难懂。这里的意思是说听不懂他说的话。

样就赋予他的圆脸以一种单纯的表情。岑托维奇考虑了几秒钟，然后走了一着棋，就站了起来。我们的朋友随即低声说道："这步棋是拖延战术！想得倒好！但是不要上他的当！逼他兑子，非兑不可，这样便是和棋了，现在神仙也帮不了他的忙。"

麦克康纳完全照他的意思走棋。接下来的几步双方你来我往，我们对此更是莫名其妙，实际上我们其余的人早就沦为了摆摆样子的龙套。大约下了七个回合之后，岑托维奇经过长时间的思考，抬起头来说："和了。"

一刹那室内鸦雀无声。我们突然听到海浪的喧啸，休息厅的收音机里传来爵士音乐，甲板上散步者的脚步声以及从窗缝里透进来的轻微的风声都听得清清楚楚。我们人人屏住呼吸，事情来得太突然，大家还没有回过神来，这位陌生人居然能将他的意志强加于世界冠军，把这盘已经输了一半的棋下和，这真使我们目瞪口呆。麦克康纳突然往后一靠，随着快乐的"啊！"的一声，他憋着的那口气咻的一下从嘴里吐了出来。我又对岑托维奇进行了观察。在下最后这几着棋的时候，我就觉得，他的脸色仿佛更加苍白了。但是他很善于控制自己，仍然保持着看起来满不在乎的木讷神情，一面用镇定的手归拾棋盘上的棋子，一面漫不经心地问道："先生们还想下第三盘吗？"

这个问题他纯粹是就事论事地从纯商业的角度提的，但奇怪的是，他提问时并没有看麦克康纳，而是抬起眼睛直接紧紧地盯着我们的救星。他准是从最后几着棋上认出了他事实上的、真正的对手，就像一匹马能从骑者更加稳健的骑姿上认出一位新的、更好的骑手来一样。无意中我们也随着他的目光急切地望着这位陌生人。可是陌生人尚未来得及考虑或答复，正陶醉在虚荣之中、万分激动的麦克康纳就已经以胜利的姿态在冲着他喊了："那当然！但是现在您得一个人跟他下！您一个人同岑托维奇对弈！"

然而，这时发生了一件未曾预料到的事情。很奇怪，这位陌生人还一直在紧张地盯着那张棋盘，而棋盘上的棋子已经收拾起来了。他感觉到所有人的眼睛都在注视他，而且人家又那么热情地在同他说话，不觉大为骇然，脸上现出十分慌张的神情。

"绝对不行，先生们，"他结结巴巴地说，显然有点惊惶失措，"这完全不可能……没有考虑的余地……我已经有二十年，不，是二十五年没有摸过棋盘了……我现在才看到，未得你们允许就参与你们的棋局．这样的举止是多么的不得体……请你们原谅我的冒失……我一定不再继续打搅了。"听了这话我们都很愕然，大家还没有回过神来，他已经转身离开了吸烟室。

"这根本不可能！"性格豪爽的麦克康纳用拳头捶着桌子吼道，"他说有二十五年没有下过棋了，绝对不可能！他每一着棋，每一步对着都预先算到五六步之外。这种本事绝非瞬息之间就可学会的。所以他说的绝无可能——是不是？"

最后这个问题麦克康纳是下意识地向岑托维奇提的，但是这位世界冠军不为所动，依然是冷冰冰的。

"对此我无法作出判断，但是不管怎么说，这位先生的棋下得有点奇怪，也很有意思，因此我也故意给了他一个机会。"说着，他便懒洋洋地站起身来，并以他讲究实际的方式补充道："如果这位先生或者在坐的诸位先生明天想再下一局，那我从下午三点钟以后随意奉陪。"

　　我们都忍不住轻声笑了。我们每个人都知道，岑托维奇绝不是慷慨地让给我们这位不相识的援手一个机会，他的这种说法无非是掩饰自己没有下好的一个幼稚的遁词而已。因此我们心里滋长起更加强烈的愿望，要亲眼看着把他这种盛气凌人的态度打掉。我们这些心平气和、懒懒散散的乘客心里一下子生起一股疯狂的、充满虚荣心的战斗豪情，因为如果正巧在我们这艘航行在汪洋中的船上能摘下国际象棋世界冠军头上的桂冠，这个记录定会由电讯迅速传遍全世界。这个想法很具挑战性，令我们为之着迷。另外，那种神秘而蹊跷的事也颇有刺激性：恰好在关键时刻我们的救星出乎意料地来介入我们的棋局，他那几乎有点怯生生的谦虚同那位职业棋手那种趾高气扬的神气正好形成对照。这位陌生人是谁？难道通过这里的这次偶然巧遇我们竟找到了一位尚未被发现的国际象棋天才？或是出于某种尚不清楚的原因，一位著名的国际象棋大师对我们隐瞒了自己的名字？我们兴奋地讨论了所有这些可能性。我们认为，为了把这个陌生人谜一般的胆怯和出人意外的自述同他精妙绝伦的棋艺联系在一起，即使是最大胆的假设也不为过。不过有个问题我们大家的意见是一致的，那就是绝不放弃再杀一盘。我们决定，要不遗余力地促使我们的支援者第二天同岑托维奇对弈一盘，麦克康纳答应由他承担这次比赛经济上的风险。这期间我们从乘务员那里了解到，我们不认识的这位先生是奥地利人，而我是陌生人的同乡，所以大家就委托我把大家的请求转达给他。

不用很长时间，我就在甲板上找到了匆匆溜掉的那位先生。他正躺在躺椅上看书。我在朝他走去之前，先抓住这个机会将他端详一番。他轮廓分明的脑袋枕在枕头上显得稍稍有些疲劳，这张还比较年轻的脸显得出奇的苍白，这再次引起我的特别注意，两鬓的头发雪白，白得闪闪发亮。不知是什么原因，我有这么个印象，觉得这个人准是突然变老的。我刚走到他跟前，他就很有礼貌地站起身来，介绍自己的姓名。我听了马上就觉得熟悉，这是奥地利一家古老的名门望族的姓氏。我想起姓此姓的人中，有位是舒伯特的密友，老皇帝①有位御医也出身于这个家族。我向 B 博士转达我们的请求，希望他接受岑托维奇的挑战，他听了显然感到非常惊讶。这表明，他根本不知道刚才与之对弈的是位世界冠军，而且是目前战绩最好的世界冠军，而那盘棋他却光荣地将对手顶住了。由于某种原因，我说的这个情况似乎对他产生了特殊的印象，因为他一再反反复复地问，我是否真有把握，他的对手确实是公认的世界

① 指奥匈帝国（1867—1918）第一个皇帝弗·约瑟夫，在位时间是 1867—1916。

冠军。我马上就发现，这个情况使得我的任务完成起来容易得多了，至于万一棋输了，经济上的风险将由麦克康纳来承担这件事，由于考虑到 B 博士比较敏感，所以觉得还是不对他说为好。经过好一阵犹豫，B 博士最终答应比赛一次，不过他特别请我提醒其他几位先生，千万不要对他的棋艺抱过分的希望。

"因为，"他脸上带着沉思的微笑补充说，"我真不知道，我能不能正确地按照各种规则来下棋。我从中学时代起，也就是说自二十多年以来我连棋子都没有再摸过，请相信我，这绝不是假谦虚。就是在那个时候，我下棋也没有特殊的才华。"

他这话说得极其自然，使我对他的真诚没有一点儿怀疑。可是他对各个大师的每盘具体的棋局又记得那么清楚，对此我又不得不表露出我的惊讶，我说，无论怎么说，他至少在理论上对国际象棋总是作过很多研究吧。B 博士又露出那奇怪的梦幻般的笑容。

"作过很多研究！——天知道，倒可以这么说，我对国际象棋作过许多研究。但那是在非常特殊的、是在史无前例的情况下发生的。这是一个相当复杂的故事，充其量只能把它当作我们这个可爱的伟大时代的一个小插曲。要是您有半小时耐心的话……"

他指了指旁边的一把躺椅，我愉快地接受了他的邀请。我们周围没有其他人，B 博士把看书时戴上的老花镜摘下放于一边，开始说：

"承蒙您提到，您是维也纳人，还记得我们家的姓氏，不过我猜您准没听说过那个律师事务所。它起初是我父亲和我、后来是我单独主持的，因为我们不办理报上讨论的案件，我们的规矩是不接受新的当事人的委托。实际上我们已经不再从事正式的律师事务了。我们的业务只限于法律咨询，主要是受委托管理大修道院的财产，我父亲以前是天主教党的议员，所以同各大修道院关系很密切。此外，有些皇室成员的财产也委托我们管理。因为君主政体已经成了历史，所以这方面的情况我们今天可以谈了。我们家族同皇室以及天主教会的联系从上两代就开始了，我叔叔是皇帝的御医，另一位叔叔是塞滕施特滕修道院院长。我们只是保持了这些联系。这是一种静悄悄的、我想说是一种无声的活动，因为当事人对我们家族历来都很信任，所以我们依旧做着这份工作。这个工作只要求严格的保密和可靠，此外并没有更多的要求，而先父正是具有这两种品质的典范，由于他的谨慎，所以无论是在通货膨胀的年代还是政权变革时期，实际上他都为当事人成功地保存了可观的财富。后来德国希特勒上台，开始掠夺教会和修道院的财产，于是德国那边就同我们进行各种谈判和交易，以通过我们的手保住他们的动产免遭没收，关于罗马教廷和皇室进行的某种秘密政治谈判，我们两人知道的比外界知道的要多得多。正因为我们事务所并不惹人注目，门上连牌子都不挂，外加我们两人都很小心谨慎，有意避免同保皇派来往，所以我们很保险，没有人擅自对我们进行调查。事实上在那些年里奥地利当局从未料到，皇室的秘密信使交接最重要的信件一直都是在我们设在五层楼上的那个不起眼的事务所里进行的。

"纳粹分子早在扩充军备，妄图征服世界之前，就开始在其邻国组织一支同样危险的和训练有素的军队——由受歧视、受冷落和受损害的人组成的军团。他们在每个机关企业里都设立了所谓的'支部'，他们的坐探和间谍无处不在，包括在陶尔斐斯和舒施尼格①的私人宅邸里。就是在我们这个很不起眼的事务所里也安插了他们的人，可惜我知道得太晚了。当然，此人只不过是个可怜而无能的办事员。他是一位神甫介绍来的，我雇用他的唯一目的，就是为了使我们事务所对外像是个正规机构的样子。实际上我们只用他办些无关紧要的差事，接接电话，整理整理文件，当然是那些无足轻重、不会引起怀疑的文件。他不能拆信件，所有的重要信件都是我亲手用打字机打的，不留副本；每份重要文件我都拿回家去；所有的秘密会谈全都挪到修道院院长办公室或我叔叔的诊室去进行。由于采取了这些预防措施，所有重大的事情这名坐探一件都未曾看到，但是由于发生了一件不幸的偶然事件，这居心叵测、追名逐利之徒一定发现我们不信任他，背着他做了种种很有意思的事。也许有次我们不在，信使没有按照约定称'贝恩男爵'，而是一不小心说了'陛下'这个词，要不就是这无赖非法拆看了信件——总之，在我怀疑他之前，他就从慕尼黑或柏林接受了监视我们的任务。一直到后来，我被捕入狱已经很久了，我

————

① 舒施尼格（1897—1977），奥地利政治家。

才想起，开始的时候他工作马虎大意，而在最后几个月却忽然变得积极起来，而且好多次几乎死皮赖脸地主动要求将我的信件送往邮局。我不能说我没有某些疏忽大意之处，但是那些伟大的外交家和将军到头来不也是被希特勒那套伎俩狠狠地耍弄了吗？盖世太保早就将我牢牢地盯住了，下面这件事就是最具体的证明：就在舒施尼格宣布下野的那个晚上，也就是希特勒进入维也纳的前一天①，我已经被党卫队逮捕了。幸好，我一听到舒施尼格的辞职演说，就把最最重要的文件全部烧毁了，余下的文件连同为证明厂所修道院和两位大公爵存在国外的财产所不可缺少的凭据，我真是在冲锋队破门而入之前的最后一分钟将其统统塞在一只盛脏衣服的筐里，让我那年迈而可靠的女管家送到我叔叔那边去的。"

B博士停下来点了一支烟，借着闪烁的火光，我发现他的右嘴角神经质地抽搐了一下，这我先前就已经注意到了，现在我观察到，每隔几分钟就要抽搐一次。这只是微微抽动一下，就像拂过一丝微风，但是它却使这张脸显出引人注意的心神不安的神情。

"您大概在猜想，现在我要给您讲关于集中营的事——所有忠于我们古老的奥地利的人都被押解来关在那里，讲我在集中营里受到的侮辱、拷打和刑讯了吧。这样的事情并没有发

---

① 这里当指 1938 年 3 月 11 日，这天舒施尼格总理被迫宣布辞职，并于当晚发表辞职演说。

生。我被列入另外一类。我没有被驱赶到那些不幸的人那儿去，纳粹分子对他们施行肉体和精神折磨，把长期积聚起来的仇恨一股脑儿都发泄在他们身上。我被归入另外一类人之中，这类人数量不多，纳粹分子想从他们身上逼取金钱或者重要情报。本来，盖世太保对我这个本不值一提的小人物当然毫无兴趣，但他们一定已经获悉，我们曾经是他们最顽强的敌人的财产代理人、经管人和亲信，他们指望从我身上榨取可以构成罪证的材料，既可用来反对修道院，证明它们非法牟利，也可用来反对皇室以及所有那些在奥地利不惜流血牺牲为维护君主王朝而竭尽全力的人。他们猜想——真的，这倒并非空穴来风——我们经手转移出去的那些资金，绝大部分还藏着，他们想夺过去，可又无从下手，所以他们当天①就把我抓了去，想用他们那套行之有效的方法迫使我供出这些秘密。他们想要在我这类人身上榨取金钱或者重要材料，所以没有把我们送进集中营，而是给我们以特殊待遇。您也许还记得，我们的首相②以及罗特席尔德男爵③——纳粹分子指望从他的亲属那里敲诈数百万——都没有被投进铁丝网围着的战俘营，而是表面上给予优待，被送进大都会饭店——同时也是盖世太保的总部——每人住一单间。我这个不起眼的小人物居然也得到了这种奖励。

---

① 指 1938 年 3 月 11 日希特勒迫使舒施尼格下台的当天。
② 指舒施尼格。
③ 指欧洲著名的罗特席尔德银行世家某成员。

"在饭店里住单间——这话本身听起来就极其人道，不是吗？可是请您相信我，他们没有把我们这些'知名人士'塞进二十个人挤在一起的冰冷的木棚里，而是让我们住在供暖还不错的饭店单间里，这绝不是他们给予我们的一种更人道的待遇，而是挖空心思想出来的更加狡猾的方法。他们想从我们嘴里逼出他们所需要的'材料'，采用的不是毒打或者用刑，而是以杀人不见血的方式，采用最最狡猾歹毒的隔离手段。他们并没有对我们怎么样，只是将我们置于完全的虚空里。大家都知道，像虚空那样对人的心灵所产生的那种压力是世界上任何东西都办不到的。他们把我们每个人分别关在一个完完全全的真空里，关进一间同外界绝对隔绝的房间里，不用拷打等方式从外部给我们压力，而是让我们从内心产生一种压力，最终砸开我们的两片嘴唇。乍一看，安排给我的房间绝对不能说不舒服。这房间有一扇门，一张床，一把沙发椅，一个洗脸盆，一扇上了栅栏的窗户。可是这扇门白天黑夜都是锁着的，桌上不许放纸和铅笔，窗户外面是一道防火墙，在我周围，甚至在我自己身上都是空无所有。我的每样东西都被搜走了。搜走手表，让我不知道时间；搜走铅笔，我就无法写东西；搜走小刀，使我无法割断动脉血管；就连抽支烟稍微提提神也不允许。除了不许说话、不许回答问题的看守，我看不见一张人的脸，听不到一点人的声音；从早晨到夜晚，从夜晚到早晨，眼睛、耳朵以及所有其他感官都得不到一丝养料，你成天寂寂一身，茕茕孑立，守着桌子、床、窗户、洗脸盆等四五件不会说话的东西，一筹莫展；你就像玻璃罩里的潜水员，身处寂静无声的黑黢黢的海洋里，甚至感觉到通向外部世界的绳索已经扯断，您永远不会被人从这无声的深底拉回到水面上去了。整天没什么事可做，没什么东西可听，没什么东西可看，你的周围到处是一片虚空，一片绵延不断的完全没有空间和时间的虚空。你走来走去，走去走来，来来回回，循环往复。但是，即使是看似毫无实体形迹的思想也需要一个支撑点啊，否则它就要开始旋转，就要毫无意义地围着自己转圈，思想也受不了虚空。你从早到晚期待着什么，可是什么也没有发生。你等啊，等啊，等啊，你想啊，想啊，想啊，直到太阳穴发痛，什么也没有发生。你仍是孤独一人，孤独一人，孤独一人。

　　"这样延续了十四天，我在时间之外，世界之外生活的十四天。要是当时爆发了战争，我也不会知道，我的世界就只有桌子、门、床、洗脸盆、沙发椅、窗户和墙这几样东西，我整天凝视着同一面墙上的同一张壁纸，久而久之，壁纸上锯齿形图案的每根线条都好似用刻刀刻进我大脑深处的褶皱里去了。后来，审讯终于开始了。突然来传我了，也弄不清那是白天还是夜里。他们喊了我的名字，押着我穿过几条走廊，也不知道要带我到哪里去。后来，在一个什么地方等着，也不知道那是什么地方，突然，又站在了一张桌子前面，桌旁坐着几个穿制服的人，桌上堆着一叠纸：那是档案，不知道里面是些什么材料。接着就开始提问，这些问题真真假假，有的单刀直入，有的阴险奸诈，有的声东击西，有的设置圈套。你回答问题的时候，陌生而恶毒的手指在翻材料，您不知道里面有些什么东西，陌生而恶毒的手指在审讯记录上写些什么，你不知道写的是什么。可是，对我来说，这次审讯中最可怕的是，我始终猜不出，也估计不到，盖世太保对我们事务所的事情确实已经知道了哪些，哪些他们想从我口里获取。我已经对您说过，在最后一刻让女管家把那些可以构成罪证的文件送到我叔叔那里去了。可是，他收到这些文件了吗？他没有收到吗？那个坐探办事员泄露了多少信息？他们截获了多少信件？这期间在我们代理的那些德国修道院也许已经敲开了某个糊涂神甫的嘴，那么到底逼出了多少秘密？他们问呀，问呀，没完没了地问。我给修道院买过哪些有价证券，同哪些银行有通信往来？我认不认识一位某某先生？我收到过瑞士或者某某地方的信件没有？我一点也估计不出，他们到底查到了多少问题，所以我的每个回答意义都非常重大。要是我承认了他们尚未掌握的某件事，我也许就会无谓地使某人罹难；我要是什么都不承认，那就自己害了自己。

　　"不过，审讯还不是最可怕的。最可怕的是审讯以后回到我那虚空之中，回到那个有着同一张桌子、同一张床、同一个洗脸盆和同样的壁纸的同样的房间里。因为只要我单独一人的时候，我就要重新琢磨审讯的情况，思考怎么回答才最聪明，下次提审也许会因我说话不小心而引起他们的怀疑，如果这样，我该怎么说才能弥补。我仔细思量，反复琢磨，认真检查我向预审官说的每一句证词，把他们提出的每个问题和回答的每一句话都简要重复一遍，想估量一下我说的话有哪些可能被记录在案。不过我知道，我永远也估计不出来，也不会知道。但是这些思想一旦在这虚无的空间里发动起来，就不停地在脑袋里转动，翻来覆去，循环往复，还不断地想出一些新的事情来，而且睡着了脑袋里还在转。每次审讯之后，我脑子里还在经历着那些提问，深究和折磨的煎熬，或许甚至比审讯时的折磨更为残忍，因为每次审讯一个小时就结束了，而审讯之后由于寂寞的无情折磨，脑袋所受的煎熬却是没有完结的时候。我的四周总是只有桌子、柜子、床、壁纸、窗户，没有任何分散我注意力的东西，没有书，没有报纸，没有陌生的面孔，没有可以记点东西的铅笔，没有可以用来玩的火柴，没有，没有，什么都没有。现在我才发觉，把人单独囚禁在饭店的房间里这一套做法用心何其险恶，对人精神上的摧残又何其厉害。要是在集中营里，也许得用小车推石头，推得两只手磨出血来，两只脚冻僵在鞋里，可能得二三十人挤在一个又臭又冷的小屋里。可是你能看到人的脸，可以将目光投向一片田地，一辆手推车，一棵树，一颗星星，以及别的什么东西，而这时呢，你周围都是同样的东西，始终都是这些东西，从来不会改变，真是可怕。这里没有什么东西可以使我分心，使我从自己的思想、从自己的胡思乱想、从自己病态地将审讯时的提问和自己的回答不断复述中解脱出来。而这一点恰恰正是他们打的如意算盘——他们要憋死你，要让你自己的思想来憋你，直到憋得你喘不过气来，你别无他法，最后只好向他们吐露真相，将他们想要的一切招供出来，终归把材料和人统统抛了出来。我渐渐感觉到，在这虚空的令人毛骨悚然的压力下，我的神经开始松弛了，我意识到这种危险，便把神经绷得紧紧的，我想，即使把每根神经都绷断，也要找到或者想出点事情来分散自己的注意力。为了使自己有点事做，我就试着把以前会背的东西，如民歌、儿歌、中学课本里的幽默故事、民法条款等，一一朗诵出来，并再复述一遍。后来我又试着演算，随便拿些数字来相加、相除，可是在虚空中我的记忆缺少附着力，没有能使我的思想集中在上面的东西。脑袋里老是出现和闪烁着这个想法：他们知道什么？我昨天说了些什么，下次又该说些什么？

"这种真是难以描述的状况延续了四个月。四个月，写起来容易，才不过两个字！说起来也容易：四个月，一共才四个音节①。嘴唇动一下就把这几个音发出来了：四个月！但是谁也无法描述、测定，谁也无法用直观例子向别人、也无法向自己说明，在没有空间、没有时间的情况下时间有多长，无法向别人讲清楚，这虚空，虚空，你周围的虚空是如何蛀食和摧毁你的心灵的，整日所见的就只有桌子、床、洗脸盆和壁纸，屋里成天都是沉默，成天是同一个看守，他看都不看你一眼就把饭塞了进来，时时刻刻是同样的思想在虚空中围着你转啊转，直弄得你神经错乱、疯疯癫癫为止。我心里惴惴不安，从一些细小的征兆中我发觉自己的脑子混乱了。起先，在审讯的时候

---

① 四个月，德文为 vier Monate，是两个字，四个音节。

心里是清楚的，陈述冷静沉着，深思熟虑，哪些该说，哪些不该说，这种双重思维还在起作用。现在我连说最简单的句子都是结结巴巴的，因为我在作法庭陈述时，眼睛总像是着了魔似的愣愣地盯着那支往纸上做着记录的笔，仿佛我想追上自己说的话似的。我感觉到，我的力气越来越不济了，我感觉到，为了救我自己，我将会把自己所知道的一切，也许还有更多的东西全部交代出来，为了摆脱虚空的窒息，我将会说出去十二个人，供出他们的秘密，而我自己呢，除了片刻休息之外，什么好处也得不着，我感觉到这样的一刻越来越近了。一天晚上确已走到了这一步：在我快要憋死的当间，看守恰好给我送饭来，于是我就突然朝他背后喊：'您带我去审讯！我什么都交代！什么都交代！我要交代文件在哪儿，钱在哪儿！我统统都交代，彻底交代！'幸好他没有听到更多的东西，或许他也不想听我说。

"在这极其艰难的时刻，发生了一件意想不到的事。这件事把我救了，至少在一段时间里把我救了。那是七月底一个乌云密布的阴沉沉的雨天，我所以还清楚地记得这个细节，那是因为我被押去审讯、穿过走廊时，雨水正噼噼啪啪地打在玻璃窗上。我得在预审的候审室里等着。每次去受审都得等，让你等，这也是一种手法。首先，通过叫喊，通过深夜里突然把你从囚室里提溜去受审，让你的神经高度紧张起来，然后，等你作好审讯准备，思想和意志都振作起来准备反击时，他们又让你等着，毫无意义地、无缘无故地等着，一小时，两小时，三小时地等着，等得你身心交瘁。在星期四，7月27日，这一天他们让我等得特别长，让我在候审室站着等了两个小时，这个日期我之所以还记得，那是有个特别原因的。在候审室里当然不许我坐，我在那里站了两个小时，腿都要站断了。候审室里挂了一本月历，我无法向您解释，在当时如饥似渴地向往着印刷的和手写的东西的情况下，我是如何目不转睛地，如何牢牢地紧盯着墙上'7月27日'这几个字的，我仿佛把这几个字吞进了肚里，刻在了脑子里。随后我又等着，等着，眼睛注视着房门，看它什么时候终于会打开，同时心里在思考，审判官这次会问我什么问题，不过我也知道，他们问的问题可能和我准备的截然不同。但是不管怎么说，这种等待和站立的折磨同时也是一件好事，一种快乐，因为这间屋子怎么说也和我那间不一样，不一样，要稍微大一点，有两扇窗户，而我那间只有一扇，还有，这里没有床，没有洗脸盆，窗台上也没有那道明显的、我观察了几百万次的裂缝。房门油漆的颜色也不一样，靠墙放着另一把沙发椅，左边是一个档案柜，以及一个有挂钩的衣帽架，挂钩上挂着三四件湿军大衣，那是折磨我的刑警们的大衣。也就是说，我在这里可以看到一些新东西，同我那屋里不一样的东西，我那饥饿的眼睛终于又可以看到一些别的东西了，它们贪婪地盯着每一件东西。我细细察看这几件大衣上的每一个褶皱，譬如说，我看到一件大衣的湿领子上挂着一颗水滴，您听起来一定觉得很好笑。我怀着莫名其妙的激动心情等待着，看这颗水滴最后会不会克服重力作用，继续长久地附着

40

在衣领上——是的，凝视着这颗水滴，屏住呼吸对它凝视了数分钟之久，仿佛这颗水滴上悬挂着我的生命似的。后来水滴终于滚落下来了，我就开始数大衣上的纽扣，一件是八颗，另一件也是八颗，第三件是十颗，接着我又比较大衣的翻领，我饥渴难当的眼睛以一种我无法描述的贪婪触摸、把玩和抓住所有这些可笑的，微不足道的小事。突然，我的目光呆呆地盯着一样东西，我发现，一件大衣的口袋鼓鼓的。我走近一些，凸起的东西呈长方形。从这一点我就看出这个略为有点鼓突的口袋里藏着的东西——一本书！我的双膝开始发抖，一本书！我已经有四个月手里没有拿过书了，光是想象一本书，想象书里可以看到一个挨一个的字排列成一本书的一行行，一页页，一张张，可以阅读和追踪别的一些新的、不熟悉的、可以分散注意力的思想，并将这些思想记在脑子里——光是这么一想，就令你心驰神往，销魂荡魄。我的眼睛像着了魔似的紧紧盯着那个小小的鼓突的地方，我的灼热的目光紧紧盯着那个不显眼的地方，仿佛想要在大衣上烧个窟窿似的。我终于无法抑制自己的贪欲，我下意识地一点点移过去。我思忖，这回至少可以隔着呢料拿手触摸一本书了。这个想法使我手指上的神经一直热到指甲上。几乎在不知不觉中，我往那儿越挨越近。幸好看守没有注意我这个肯定很奇怪的举动，也许他也觉得，一个人直直地站了两个小时以后，想稍微往墙上靠靠，这是很自然的。我终于站在离大衣很近的地方了，我故意把双手反背着，以便人不知鬼不觉地碰到大衣。我触摸了呢料，透过面料我确实感觉到有个长方形的东西，这东西可以弯曲，而且还会窸窣作响——一本书！一本书！偷走这本书！这个念头像枪弹似的穿过我的脑子。也许会成功，你可以把书藏在囚室里，然后就读啊读，终于又可以读到书了！这个想法刚闪进我的脑袋，就像烈性毒药似的发生作用了：我耳朵里一下子嗡嗡直响，我的心怦怦直跳，双手冰凉，都不听使唤了。但是经过第一阵沉迷之后，我又轻轻地、巧妙地更往大衣挨近，两眼紧紧盯着看守，同时用藏在背后的双手把口袋里的那本书从下往上托起。接着将书一把抓住，再轻轻地、小心翼翼地一抽，突然，这本不很厚的小书就到了我的手里。现在我才为自己的行为感到后怕。但是我又不能再把书放回去了。可是把书往哪儿放呢？我把书从背后塞到裤子里，掖在系腰带的地方，再从那里将它慢慢挪到腰部，这样走路的时候我就可以像军人那样用手贴着裤缝，把书压住。现在该做第一次试验了。我离开衣架，一步，两步，三步。行。只要把手紧紧压着腰带，走路的时候就可以把书夹住。

"接着就开始审讯了。这次受审我付出的精力比哪次都多，因为这回我在回答问题的时候其实并没有把全部精力集中在我的口供上，而是首先一心想着要不露声色地把书夹住。幸好这次审讯很快就结束了，我安然将书带到我的房间——我不想详述种种细节来耽误您的时间，因为在走廊里书一下从裤子里滑了下来，真危险，我不得不假装一阵剧烈的咳嗽，咳得弯下腰去，把书重新安然塞回到腰带下。不过，当我带着这本书回到我的地狱里，终于独自一人、可又不再是独自一人的时候，我是什么样的心情呀！

"您大概会想，我一定立即抓起书来看了看，就读了起来。完全不是！首先我要品味一下阅读前的乐趣。我身边有了一本书，自己可以先去幻想一番，这本窃得的书最好是哪一类，这是一种故意延缓的、并且使我的神经奇妙地兴奋起来的快乐：首先这是一本印得很密的书，有很多很多字，有很多很多薄薄的书页，这样我就可以多读一些时间，再就是，我希望这是一本能够在精神上给我激励的作品，不是肤浅的、轻松的作品，而是本可以学习、可以背诵的作品，最好是诗歌，是歌德或荷马——这是个多么大胆的梦啊！可是我终于无法继续控制自己的欲望和好奇心了。我往床上一躺——这样，万一看守突然把门打开，他也抓不住我的把柄——哆哆嗦嗦地从腰带下抽出书来。

"看了第一眼就使我大为扫兴，甚至感到极其恼怒：冒着那么大的危险窃得的这本书，积聚着那么热烈的期望的这本书只是一本棋谱，是一百五十盘名局汇编。要不是我的窗户闩着，关得严严实实的，我一怒之下不把书从窗户里扔出去才怪，我要这么一本毫无意义的书有什么用？我上中学时像大多数学生一样，无聊的时候偶尔也下棋玩玩。可是这本理论的东西我要它干吗？没有对手不可能下棋，更不用说没有棋子和棋盘了。我懊恼地把这本棋谱浏览了一下，心想说不定会发现什么可读的东西呢，譬如说一篇序言啦，一篇导读啦。但是除了一盘盘名局的光巴巴的正方形棋图以及棋图之下起先令我莫名其妙的符号，诸如 a2—a3，Sf1—G3 之外，其他什么也没有。这一切我觉得像是一种无法解开的代数方程式。后来我才渐渐地猜出，a、b、C 这些字母代表经线，数字 1 至 8 代表纬线，两者相合就可以确定每个棋子的位置。这么一来，这些纯粹图解式的示意图毕竟获得了一种语言。我思忖，也许我可以在囚室里做一个棋盘，然后就照着棋谱把这些棋局摆一摆，像是上天的旨意，我床单的图案恰好是粗线条的方格子。把床单好好一叠，终于把它折出六十四个方格来了。于是我就先把书藏在褥子底下，并将书的第一页撕掉。接着我就开始用我省下来的小块面包屑做成王、后等棋子的样子，不言而喻，棋子做得很可笑，很不完美。经过不断努力，我终于可以在方格床单上摆出棋谱上标明的各个位置了。我把这些可笑的面包屑棋子的一半涂上灰，使颜色深一些，以示区别。但是当我试图用这些棋子将一局棋从头到尾复盘时，起初我失败了。头几天我摆棋的时候，摆着摆着就乱套了，一局棋我就得摆五次，十次，二十次，每次都是从头摆起。不过世界上有谁像我这个虚空的奴隶一样拥有那么多无法利用的和毫无用处的时间呢？又有谁有那么多无法估量的欲望和耐心呢？六天以后我已经能完美地把这盘棋下完了，再过八天我连面包屑都不用放在床单上，就可以把棋谱上这一盘每步棋的位置记得清清楚楚，再过八天，连方格床单也用不着了。起先棋谱上 A1、A2、C7、C8 这些抽象的符号现在在我脑子里都自动变成了一个个看得见的形象化的位置。这个转化完全成功了：我将棋盘连同棋子都投影在我的脑袋里，光用棋界用语就能看到每步棋的位置，就像一位训练有素的音乐家，只要朝乐谱看一眼，就足以听出各个声部以及和声来。又过了十四天，我已经能毫不费力地背下棋谱上的每一盘棋——用行话来说，就是下盲棋。现在我才开始懂得，我这次大胆的偷窃给我带来了无可估量的欣慰。因为我一下子有事做了——如果您愿意也可以说这是毫无意义、毫无用处的事，不过它确实摧毁了包围着我的虚空，有了一百五十盘棋的棋谱，我就有了一件神奇的武器来抵御令人窒息的时空的单调。为了使这项新找来的事儿始终保持它的魅力，从现在起我把每天的时间作了精确的划分：上午摆两盘，下午摆两盘，晚上再快速复一次盘。在此之前，我的日子像明胶一样无形无状地延伸着，现在可是填得满满的了，我有事做了，而又不感到疲倦，因为下棋具有一种奇妙的好处，可使智力专注于一个狭窄的范围里，不论如何费劲思考，脑子也不会松弛，相反，会更加增强大脑的灵活和张力。起初我只是机械地照着名局摆棋，在这个过程中，在我心里慢慢开始出现一种对国际象棋的艺术的、妙趣横生的理解。我学会了进攻和防御的精微着法，行棋布阵的谋略和深邃的洞察力，我掌握了预先计算，互相呼应和巧妙应着等技巧，不久就能准确无误地识得每位国际象棋大师棋路的个人特点，就像一个人只消读几行诗就能确定该诗出自哪位诗人之手一样。这件事开始时纯粹是为了填满时间而干的，现在却变成了享受，阿廖欣、拉斯克、波戈留波夫、塔尔塔柯威尔等伟大的国际象棋战略家的形象，宛若亲爱的朋友，都来到我这寂寞的斗室。棋局中无穷无尽的变化使这间不会说话的囚室每天都充满了生气，正是因为我的练习很有规律，使我原本已经受了损害的思维能力又恢复了自信，我感觉到我的脑子又重新活跃和振奋起来了。而且由于不断进行思维训练，甚至还好像磨得更锋利了。我考虑问题的时候思路更清晰，思想更集中，这一点尤其是在审讯的时候得到了证明：不知不觉中，在棋盘上对付虚假的讹诈和暗藏的诡计方面达到了完美无缺的程度，从这时起提审的时候我再也不露出任何破绽，我甚至还觉得，盖世太保们渐渐开始带着某种敬意来观察我了。也许他们在暗暗自问，他们看着其他人都垮了，唯独我还在进行不屈不挠的反抗，这种力量是从哪些秘密源泉汲取的呢？

　　"这是我的幸福时光，我日复一日地将棋谱上的一百五十盘棋局系统地一一进行复盘，这段时间大约持续了两个半月至三个月。随后出乎意料之外，我又遇到一个死点。突然之间我又重新面对一片虚空，因为我把每盘棋都从头到尾下了二三十次，这样，这些棋局就失去了新鲜的魅力，不再给人以惊喜，先前那种令人兴奋、令人激动的力量枯竭了。这些棋局的每一步我早已背得滚瓜烂熟，再一次又一次地将它们重复又有什么意思呢？刚一开局，这盘棋的进程就自动在我心里展开了，已经不再有惊喜，不再有紧张，不再有任何问题了。为了使自己有事可做，为了给自己制造已经成了不可或缺的劳累，并分散自己的注意力，我真需要另一本汇集了别的棋局的书。可是这是完全不可能的，所以在这条奇怪的歧途上只有一条路：必须自己发明新的棋局来代替旧的棋局。我必须设法跟自己下，更确切地说，是向自己作战。

"我不知道，对于这种'游戏中的游戏'——同自己对弈的精神状态您了解到何种程度。但是只要粗略一想，就足以明白，下国际象棋是一种纯粹的、没有偶然性的思维游戏，因此要跟自己对弈的想法从逻辑上来说是荒谬的。国际象棋的引人入胜之处，从根本上来说仅仅在于其战略是在两个不同的脑袋里不同地发展的，在这种精神战争中黑方并不知道白方的花招，所以不断想方设法去猜测和挫败其诡计，同时就白方而言，对于黑方的秘密意图它力图预先加以识破，给予反击。如果现在执黑和执白的是同一个人，那情况就十分荒谬了：同一个大脑同时对一些事情既应该知道，又不应该知道，作为白方在行棋的时候，它能奉命忘掉一分钟前黑方的愿望和意图。这种双重思维其实是以意识的完全分裂为前提的，大脑的功能就像机械仪表一样，开关自如。想要自己战自己，这在国际象棋中是个悖谬，就像一个人想要跳过自己的影子一样。

"好了，说简短些吧，这种悖理和荒谬之事我在绝望中竟试了几个月之久。可是，为了使自己不至于陷入完全的精神错乱或者智力的彻底衰颓，除了去做这件荒唐事之外，我别无选择。我那可怕的处境逼得我不得不至少去试一试，把自己分裂成一个黑方我和一个白方我，要不然我就得被我周围恐怖的虚空压垮。"

　　B博士往躺椅上一靠，闭了一会儿眼睛。他仿佛要把令人心烦意乱的回忆强压下去似的。他左边嘴角上又出现了奇怪的抽搐，他无法控制的抽搐。接着，他在躺椅上把身子略为坐直一些。

　　"这样，到此为止，我希望已经把一切都向您讲得相当清楚了。但遗憾的是我自己也拿不准，其余的事是否也能那么清楚地说给您听。因为这件新工作要求脑子保持绝对的紧张，这就使它不能同时进行任何自我控制。我已经向您提到过，照我看，同自己对弈这本身就很荒谬绝伦，但是即使是荒唐事，面前总有一个实实在在的棋盘，那毕竟还有一个最小的机会，而棋盘这个真实的东西毕竟还容许保持一定的距离，允许享受物质上的治外法权。面对摆着真实的棋子的真实棋盘，纯粹从身体方面来说，就可以一会儿站在桌子的这一边，一会儿站在桌子的另一边，以便一会儿从执黑的立场，一会儿从执白的立场来把握和运筹局势。但是像我这样迫不得已把向我自己进行的厮杀，要是您愿意的话，也可说是同我自己进行的厮杀投影在一个意想中的空间里。我被迫在脑子里清楚地把握住六十四个方格上每一边的阵势，此外不仅要计算出眼前的行棋，而且也要计算出对弈双方下几步可能要走的棋，确切地说，我要两倍、三倍地盘算，不，是六倍、八倍、十二倍地盘算，我要为每一个我，为黑方我和白方我预先想出四五步棋，我知道，这一切听起来是多么荒谬。请您原谅，我希望您仔细考虑一下我

48

的这种疯癫状态。在抽象的幻想空间中下棋的时候，我作为白方棋手，同时又作为黑方棋手都得为各方预先算出四五步，也就是说，对于棋局发展进程中所出现的各种情况在一定程度上得预先跟两个脑子，跟白方的脑子和黑方的脑子配合好。但是即使是这种自我分裂在我这费解的试验中还不是最危险的，由于我独立想出了一些棋局，结果失去了立足之地，坠入了无底的深渊。像我前几个星期所练习的那样，光是照名局来下，终归只不过是一种复制的结果，纯粹是对已有物质的重复，这并不比背诵诗歌或者默记法律条文更费劲，这是一种局限的、按部就班的活动，因而是一种绝妙的脑力训练。我上午练习两盘棋，下午练习两盘，这是规定的定额，没有一丝激动我就可以将它完成，这四盘棋是我的正常工作，再说，要是我在下棋的过程中走错了，或者走不下去了，总还可以向棋谱求教。所以对于我受了震惊的神经来说，这是很有疗效的，更能起镇静作用，因为照别人的棋局摆棋不会使自己卷进搏杀中去。管他是黑棋赢还是白棋赢，对我来说都无所谓，这是阿廖欣或波戈留波夫，是他们在争夺比赛的桂冠，而我本人，我的理智，我的心灵，仅仅是作为观众、作为行家里手在品味棋局的转折突变和赏心悦目。但是从我想跟自己搏杀的那一刻起，我就下意识地开始向自己挑战了。两个我中的每一个我，黑棋我和白棋我，在互相竞争，为了自己的一方，每一个我都雄心勃勃，心浮气躁，想取胜，想赢棋；作为黑棋我每走一步心里就万分紧张，不知白棋我会怎么应对。我的两个我中的任何一个，要是

49

另一个我走错一步棋就兴高采烈，得意洋洋，而同时对于自己的漏着则怒容满面，忧心忡忡。

"这一切看起来毫无意思，事实上这种人为的精神分裂，这种意识分裂，它所带来的危险的心情激动，在正常人的正常状态下是难以想象的。但是，请您不要忘记，我是从正常状态下被强行拉出来的，是个囚犯，无辜遭到监禁，几个月来受尽别人精心策划的寂寞的折磨，早就要将他积聚起来的愤怒向任何东西发泄了。因为我没有别的东西，只有这种向自己进攻的游戏，所以便将我的愤怒，我的复仇欲望统统狂热地倾注到下棋中去。我心里有种东西自以为是，可是我又只有心里的另一个我是我能与之相搏的，所以我下棋时的激动几乎到了发狂的程度。开始我思考的时候还是不慌不忙，谨慎周到的，在一盘棋和另一盘棋之间还安排了休息时间，好让自己歇一歇，放松一下。可是渐渐地，我那被激动起来的神经就不容许我再等了。我的白棋我刚走一步，我的黑棋我就已毛毛腾腾地向前挺进了。一盘棋刚结束，我就向自己挑战，要下第二盘，因为我这两个我每次总有一个被另一个战胜而要求再下一盘，好扳回来。由于这种疯狂的贪婪心理，这几个月在我的囚室里我同自己究竟厮杀了多少盘，我连个大概次数都说不出来——也许一千来盘，也许更多。这是一种我自己无法抗拒的癫狂，从早到晚，我什么也不想，想的只是象、卒、车、王和 a、b、C，'将死'和'王车易位'，等等，我整个身心都被逼到这个有格子的方块上去了，下棋的乐趣变成了下棋的欲望，下棋的欲望又变成了一种强制，一种棋瘾，一种疯狂的愤怒——不仅浸透在我清醒的时间里，而且也渐渐控制了我的睡眠。我思考的只能是下棋，只能是行棋，只能是下棋过程中出现的问题。有时我醒来，额头湿漉漉的，我断定，睡着时甚至还下意识地在继续下棋，要是我梦见了人，那这个梦一定仅仅是在动象、车的时候，在马往前跳或往后跳的时候做的。就是在被提审的时候，我也不再能明确地想到我的责任了，我感觉到，最近几次审讯的时候，我说的话一定相当的语无伦次，因为，因为审讯官们有时面面相觑，感到诧异不解。实际上，在审讯官们向我提问以及他们互相商量的时候，我心里涌动着那糟糕的欲望，只等着把我重新押回我的囚室去，好继续下棋，继续疯狂地下棋，重新下一盘，再下一盘。每次中断都会使我神经紊乱，就是看守来清扫囚室的一刻钟，给我送饭来的两分钟，也使那狂热的急躁不安的心情大受折磨。有时候到了晚上我那盒饭还在那儿放着，碰都没有碰过，我下棋下得忘了吃饭。我肉体上能感觉到的唯有可怕的口渴，这大概是由于不停地思考，不停地下棋而上火了，一瓶水我两口就喝干了，就缠着看守，让他再给我水，但一会儿我又感到口干舌燥了。最后，下棋的时候——我从早到晚别的什么都不干——我的情绪竟激动到不再能够静静地坐上片刻的程度。我一面思考棋局，一面不停地走来走去，越走越快，棋局越是临近收尾，心情就越是急躁。那种赢棋、取胜的欲望，击败我自己的欲望，渐渐变成了一种愤怒。我焦躁不安，浑身颤抖，因为我身上一方的我总嫌另一方的我走棋太慢。一方就催促另一方，要是我身上一方的我觉得另一方的我应着不够快，我就开始骂自己‘快，快！’或者‘往前，往前！’，您也许觉得这很可笑吧。当然，我今天心里很清楚，我的这种状况完全是精神过分紧张导致的一种病态反映，对于这种病状我还找不到别的名称，只好把它叫作迄今医学上还不清楚的‘棋中毒’。后来，这种偏执的癫狂不仅开始侵蚀我的大脑，而且也开始侵蚀我的身体了。我消瘦了，睡不好觉，恍恍惚惚，每次醒来都要费好大的劲才能睁开沉甸甸的眼皮；有时我感到极度虚弱，连拿水杯手都抖得非常厉害，要费很大力气才能把杯子送到嘴边。但是一开始下棋，一股狂热的力量就来了：我紧握拳头走来走去，有时宛如透过一层红雾听见我自己的声音沙哑地、凶狠地冲着自己叫喊：‘将死了’！

"这种令人心惊胆战、难以描述的危机状况是如何出现的，我自己也说不清楚。我所知道的全部情况就是，一天早晨我醒来，觉得跟以往完全不一样。我全身像散了架似的软绵绵地躺着，舒适而安逸。一种深深的、适意的倦意，我几个月来未曾有过的倦意压着我的眼皮，是那么温暖、惬意，起先我犹犹豫豫，竟不愿把眼睛睁开。我醒着躺了几分钟，继续享受恬适的昏昏沉沉的境界，暖融融地躺着，感官陶醉在飘飘欲仙的快感之中。突然，我觉得似乎听见身后有声音，是活人的说话声，我这时心里的狂喜之情您是想象不出的，以往几个月，将近一年以来，除了法官席上那种生硬、凶狠、毒辣的话之外，我没有听到过别的声音。‘你在做梦’，我对自己说，‘你在做梦！

千万不要睁开眼睛！让梦境再延续一会儿，要不然你又要看见围绕着你的那间该死的囚室，那把椅子、那个洗脸台和那图案永远不变的壁纸。你在做梦——继续做下去吧！'

"可是，好奇心还是占了上风。我慢慢地、小心翼翼地睁开眼。奇迹出现了：我处在另一个房间里，这房间比我饭店里的那间囚室宽大。窗户上没有加栅栏，阳光可以不受遮挡地照射进来，窗户外不是我那呆板的防火墙，一眼望去就可看到迎风摇曳的绿树，室内四壁光洁，雪白闪亮，我上面的天花板又白又高——真的，我躺在一张陌生的新床上，这确实不是梦，我身后有人的声音在低语。惊讶之余，我大概是不由自主地使劲动了一下，因为我马上就听到有人走来的脚步声。一个女人步履轻盈地走了过来，头发上罩着白软帽，是个看护，是护士。我惊奇得浑身打了一阵战栗：我已经有一年没有见过女人了。我愣愣地凝视着这个妩媚的身影，我的目光一定极为兴奋和狂热，因为走过来的护士急忙'安静！请您安静！'地说着，让我平静下来。可是我只是聆听她的声音——这不是一个女人在说话吗？再说还是一个柔和、温暖，简直可以说是甜美的女人的声音。真是不可思议的奇迹！我贪婪地望着她的嘴，一个人居然能怀着善意同别人说话，这在我这个在地狱里待了一年的人看来，简直是不可能的。护士朝我微笑——是的，她在微笑，居然还有人会善意地微笑，接着她用食指压着嘴唇，意思是让我别出声，然后就轻声地走了。但是我却不能听从她的命令，这个奇迹我还没有看够呢。我硬是想在床上坐起来，好看

53

看她的背影，看看这个善良的人性之奇迹。我想在床沿上欠身坐起来，但未能做到。另外，我感觉到右手的手指和手腕那儿有点儿不对劲，有一个厚厚的大白卷，显然是用很多绷带包扎起来了。我惊奇地望着我手上厚厚的、奇怪的白色包扎，先是摸不着头脑，随后我慢慢开始明白了我在哪儿，并开始思索我自己究竟出了什么事。一定是他们把我打伤了，或者是我自己弄伤了手。我正躺在一家医院里。

"中午大夫来了。他是位和气的、年纪较大的先生。他知道我们家的姓，并非常尊敬地提到我当御医的叔叔，我马上就感觉到，他对我是一片好意。在随后的交谈中，他向我提出了各种各样的问题，尤其是一个使我感到惊讶的问题：我是不是数学家或者化学家。我说都不是。

"'怪了，'他喃喃地说，'您发烧的时候老是大声嚷着一些奇怪的公式——C3、C4什么的。我们大家都听不懂。'

"我向他打听，我究竟出了什么事。他意味深长地笑笑。

"'不很严重，是神经急性刺激。'他先是小心翼翼地往四处看了看，然后轻声补充说，'这毕竟是可以理解的。在3月13日①之后，是吧?'

"我点点头。

"'碰上他们使用的这种方法，神经受点刺激并不奇怪，'他喃喃地说。'您并不是第一个。不过您放心好了。'

---

① 1938年3月13日希特勒强行宣布德奥合并，奥地利被法西斯德国吞并。

"看到他悄悄叫我放心的那种态度以及他对我劝慰的目光，我知道，在他这儿我是非常安全的。

"两天以后，这位好心的大夫相当坦率地把事情发生的经过告诉了我。那天，看守听见我在囚室里大喊大叫，开始他以为有人进了我的屋，我在同此人吵架。他刚到房门口，我就朝他扑了过去，冲着他大喊大叫，嘴里喊着'跑啊，你这恶棍，你这胆小鬼！'诸如此类的话，并想卡住他的脖子，最后我发了狂似的向他袭击，他不得不大喊救命。我正处于疯狂状态，后来他们就把我拖来让大夫检查，我大概突然挣脱了，就朝走廊里的窗户扑去，打破玻璃，把自己的手割破了——您看这里还有个很深的疤。在医院里的头几夜，我是在大脑极度兴奋的状态下度过的，不过现在他觉得我的意识完全清醒了。'当然，'他悄悄补充说，'这一点我还是不向这帮先生报告为好，否则到头来他们又要把您送回到那儿去了。请您相信我，我会尽力而为的。'

"这位乐于助人的大夫是怎么向那些折磨我的人汇报我的情况的，我不得而知。反正他达到了想要达到的目的：把我释放。可能是他说，我神经已经错乱，或者也许在此期间对盖世太保来说，我已经无足轻重了，因为希特勒在那以后已经占领了波希米亚，这样，对他来说，奥地利事件就算了结了。这样，我就只需签个字，保证在十四天内离开我们的祖国。这十四天我为办理一个以前的世界公民今天出国所必须的成千项手续而奔忙，军方和警方的同意证明、税务证明、申请护照、办签证、办健康证明，等等，因而没有时间对往事多加思考。看来我们大脑里有一些力量在神秘地起着调节作用，会自动排除那些使我们灵魂讨厌的和对我们灵魂具有危险的东西，因为每当我要回忆我被囚禁的那段日子时，我的脑子就有几分糊涂，直到好几个星期以后，实际上是上了这艘船之后，我才重新找到勇气，静下心来思考自己身上所发生的事。

"现在您一定会理解，为什么我对您的朋友们的态度会那么不得体，或许还让人百思不得其解呢。我确实完全是闲逛偶然经过吸烟室才看见您的朋友们坐在那里下棋的，我又惊又怕，感觉到我的脚像长了根似的不由自主地站立在那里。因为我全忘了可以在一个真正的棋盘前用真正的棋子下棋，全忘了下棋的时候有两个完全不同的人真真切切互相面对面地坐着。我用了好几分钟才想起，这两个棋手在那里下的，其实同我在束手待毙的情况下跟我自己下了好几个月的那种棋是一回事。我发现，我疯狂地练习时所使用的那些密码只是这些骨制棋子的代替和象征，让我感到惊喜的是，棋子在棋盘上的移动同我在思维空间中假想的走步是一样的，正如一位天文学家用复杂的方法在纸上算出了一颗新行星，后来果真在天空中看到了这颗皎洁晶莹的星星的实体。我的惊喜同那位天文学家的惊喜大概很相似。我像是被磁铁吸住了，凝视着棋盘，望着那儿我的棋图——马、象、王、后、卒等真实棋子，为了看清这局棋的阵势，我不得不下意识地先将这些棋子从我那抽象的符号世界里退出来，进入活动棋子的世界中来。好奇心渐渐主宰了我，想观看两位棋手之间真正的较量。这就发生了很尴尬的事，我竟把礼数忘到了九霄云外，参与到你们的棋局中来了。但是您的朋友那步昏着像在我心里捅了一刀。我阻止他走那一步，这纯粹是一种本能行为，是感情冲动的表现，正如一个人看到一个孩子弓身挂在栏杆上，就不假思索地将他一把抓住一样。后来我才意识到，我一性急就贸然行事，这有多么唐突。"

我赶忙对 B 博士说，通过这件偶然的事能与他相识，我们大家都很高兴，对我来说，在听了他向我吐露了种种情况后，要是在明天的临时棋赛上能见到他出场，定会兴趣倍增。B 博士听了，做了个不安的动作。

"可别这么说，您真的不要对我抱过多的希望。对我来说，这不过是试一试罢了……试试我到底能不能正常地下棋，能不能用实实在在的棋子同一个活跃着生命力的人在真正的棋盘上对弈……因为我现在越来越怀疑我下过的几百盘，或许是数千盘棋是否真正符合国际象棋的规则，会不会仅仅是一种梦里的棋，一种谵妄棋，一种谵妄游戏，做这种游戏总像是在梦里一样，许多中间阶段都跳过去了。希望您不是当真指望让我不自量力，竟以为能与国际象棋大师，而且是当今世界第一高手较量一番，但愿您对此不要抱有认真的期望。使我感到兴趣并让我全力以赴的，仅仅是一种事后的好奇心，想证实一下我那时在囚室里是在下棋还是已经疯了，我当时是处在危险的暗礁之前，还是已经到了它的另一面——仅此而已，只是仅此而已。"

这时船尾响起了进晚餐的锣声。我们大概聊了几乎两个小时了，B博士对我讲的，要比我在这里归纳的多得多。我衷心向他表示感谢，并向他告辞。但是我刚走上甲板，他就从后面追了上来，他激动地、甚至有点结结巴巴地补充说："还有件事！请您马上先转告诸位先生，免得我到时候显得没有礼貌，我只下一盘……就让这盘棋给旧账画个句号——彻底了结，而不是新的开始……我不想第二次染上如痴如狂的棋瘾，这种棋瘾现在回想起来都让我感到胆战心惊……还有，当时大夫警告过我……郑重其事地警告过我。对某种东西染上了瘾，就永远存在着危险，中过棋毒的人即使已经治好了，最好还是不要挨近棋盘……所以，您明白——只下一盘棋，对我自己做个试验，绝不多下。"

第二天，在约定的时间——三点钟，我们大家都准时聚集在吸烟室里。我们这边又增加了两位"国王游戏"的爱好者，他们是船上的高级海员，是专门向船上请了假来看比赛的。岑托维奇没有像昨天那样让别人等他。按照规定挑好了棋子的颜色之后，这场值得纪念的、由 Homo obscurissimus[①] 对着名的世界冠军的国际象棋比赛就开始了。可是很遗憾，这盘棋只是为我们这些外行观众下的，其进展情况没有保存，没有载入国际象棋年鉴，就像贝多芬的一些钢琴即兴曲没有留下乐谱一样。尽管我们在以后的几个下午想一起根据记忆将这盘棋复原，结果都是白折腾一场，也许在棋赛进行过程中我们对两位

---

① 拉丁文，无名之辈。

棋手倾注了过多的热情，因而忽视了棋局的进程。因为两位棋手在外表上表现出来的智力差异，在棋局进行过程中愈来愈在形体上显得清楚。岑托维奇这位行家在整个比赛时间里像块石头，一动不动，两眼低垂，紧盯棋盘。在他来说，思考的时候简直像要付出体力似的，使他的全部器官不得不高度集中起来。相反，B博士的举止轻松自如，无拘无束。作为真正的业余爱好者，B博士的身体是完全放松的，就业余爱好者这个词的最美好的意义来说，下棋只是游戏，是令人快乐的游戏。在头几步棋的间隙时间里，他在闲聊中给我们讲棋，并潇洒地点着一支烟，只有轮到他走的时候，他才往棋盘上看上一分钟。他每次都给别人这样的印象，仿佛他早就在等着对手的这步棋了。

开局的几步熟套棋下得相当快。到了第七或第八回合时一个明确的计划好像才出来。岑托维奇考虑的时间越来越长，由此我们感到，争取优势的真正战斗开始了。说实话，局势的渐渐发展像真正比赛时的每盘棋一样，对我们这些外行来说是相当失望的。因为棋子越是相互交织，形成一个特殊图案，我们对真正的情况就越是琢磨不透。我们既搞不清这位棋手的目的何在，不明白另一位有何打算，也不知道两人之中哪位是先手。我们只看到一个个棋子像起重机似的在挪动，想砸开敌阵，但是他们这样来来往往有何战略意图，我们却不得而知。因为慎重的棋手每走一步都要预先推断出好几步。另外，我们渐渐感到一种令人瘫痪的疲倦，这主要是由于岑托维奇考虑的时间拖得没完没了引起的，这显然也开始激怒了我们的朋友。我心情不安地发现，这盘棋时间拉得越长，他在椅子上心神不宁地动得越厉害。由于烦躁不安，他一会儿一支接一支地抽着烟，一会儿又抓起铅笔记点什么；接着他又要了一瓶矿泉水，心急火燎地把水一杯杯灌下肚去。显然，他的推断要比岑托维奇快一百倍。每次，岑托维奇没完没了地考虑以后，决定用他笨重的手将一个子往前一挪，我们的朋友，就像见到期待已久的事情终于发生了一样，随即微微一笑，马上就应了一着。他的判断力极其神速，脑袋里一定把对方的一切可能性都预先计算出来了，因此，岑托维奇思考的时间越长，他就越发心烦意乱，在等待的时候他的嘴边强压着一股子火气，几乎是一股子敌意。可是岑托维奇却仍然不慌不忙，他顽固地思索着，默不作声，棋盘上的棋子越小，他琢磨的时间就越长。到第二十四个回合就已足足下了两小时四十五分钟，我们大家已经坐得疲惫不堪，对棋台上的进展几乎无动于衷了。船上的高级海员一个已经走了，另一个拿着本书在看，只是在棋手走子的时候才抬头瞥上一眼。可是等到岑托维奇的一步棋一走，这时意想不到的事突然发生了，B博士一发现岑托维奇抓住马要往前跳，就像准备扑跳的猫一样弓缩着身子。他浑身开始发抖，岑托维奇的马一跳，他就把后狠狠地往前一推，以胜利的姿态大声说："好！结束战斗！"说完便将身子往后一靠，双臂交叉搁在胸前，并以挑战的眼光看着岑托维奇，他的瞳孔里突然闪烁着一团灼热的光。

我们大家不由得都俯下身来看着棋盘，想搞清以胜利者的姿态高声宣布的这一步棋。第一眼看不出有什么直接的威胁。那么我们朋友的话一定是就局势的发展而言的，而这一发展我们这些考虑得不远的业余爱好者还计算不出来。听到那挑衅性的宣告，岑托维奇是我们中唯一不动声色的人，他平心静气地坐着，仿佛压根儿没有听见"结束战斗！"这句侮辱性的话似的。室内没有任何反应。因为我们大家下意识地屏住了呼吸，所以那只放在桌上作计时用的闹钟的滴答声一下子听得清清楚楚。三分钟，七分钟，八分钟——岑托维奇一动不动，可是我觉得，由于心里紧张，他厚厚的鼻孔似乎张得更宽了。对于这种默默的等待，我们的朋友似乎也同我们一样觉得难以忍受。他突然站了起来，开始在吸烟室里走来走去，起先走得很慢，后来越走越快，越走越快。我们大家都有些奇怪地望着他，不过谁也没有我着急，因为我注意到，虽然他走来走去显得很急，然而他的脚步所迈经的那个空间范围每次都是一样的，这就仿佛他在空荡荡的房间里每次都碰到一个看不见的障碍物，迫使他不得不往回走。我不禁打了个冷战，我发现，他这样走来走去，无意中重现了他从前那间囚室的尺寸：在他被囚禁的几个月中一定也是这样，双手抽搐，肩膀蜷缩，同关在笼子里的动物一样跑来跑去，他在那儿一定就是这样，就只能是这样来来往往跑了上千次，在他僵呆而兴奋的目光里闪烁着发狂的红光。不过他的思维能力看来尚未受到损伤，因为他不时烦躁地朝棋桌转过脸去，看看岑托维奇此刻是否作出了决定。九分钟，十分钟过去了，这时终于发生了我们之中谁也没有料到的事。岑托维奇缓缓抬起他那只一直一动不动地搁在棋桌上的手，我们大家都紧张地注视着他将作出的决断，然而岑托维奇没有走子，而是翻过手，手背果断地一推，将所有的棋子慢慢拨出棋盘。过了一会儿我们才明白：岑托维奇放弃了这盘棋。为了免得当着我们的面明显地被将死，他缴械了。难以置信的事发生了，世界冠军、无数次比赛的折桂者，在一个无名之辈面前，在一个已有二十年或者二十五年没有碰过棋盘的人面前卷起了旗帜。我们的这位匿名朋友，棋界的无名小卒，在公开比赛中战胜了当今世界国际象棋第一高手！

不知不觉中我们激动得一个个都站了起来，我们每个人都觉得，B博士一定会说点或做点什么来疏导一下我们快乐的受到惊吓的情绪。唯一纹丝不动地保持着镇定的便是岑托维奇，过了一阵，他抬起头来，用冷漠的目光望着我们的朋友。

"还下一盘吗?"他问道。

"当然。"B博士回答，他那种热情让我感到很不对头。我还没来得及提醒他自己下的"只下一盘"的决定，他就已经坐下了，并开始急急忙忙地把棋子重新摆好。他将棋子集拢的时候是那么激动，以致一个卒子两次从他哆哆嗦嗦的手指间滑到地上。我原先心里就极不好受，现在见他很不自然的激动神情，我心里非常害怕。因为他本是个文质彬彬、温文尔雅的人，现在显然兴奋过度，他嘴角上的抽搐也更频繁，他像发了高烧，全身不住地颤抖。

"别下了！"我在他耳边悄悄地说，"现在别下了！您今天已经够了！对您来说，这太费神了。"

"费神！哈哈哈……"他恶狠狠地放声大笑，"要不是这么磨蹭，这期间我都可以下十七盘了！这么慢的速度，又不好睡着，这才是唯一让我费神的呢！——行了！这回您开棋吧！"

最后这几句话他是对岑托维奇说的，语调激烈，近乎粗鲁。岑托维奇静静地、泰然自若地望着他，但是他冷漠的目光似乎是一只攥紧的拳头。突然，两位棋手之间出现了新的情况：危险的紧张气氛和强烈的仇恨。现在已不再是两位互相一比高低的棋手，而是两个敌人，都发誓要把对方消灭。岑托维奇犹豫了很长时间才走第一步棋，我明显地感到，他是有意拖那么长时间的。显然，这位训练有素的战略家已经发现，恰恰是由于他下得慢才弄得对手精疲力尽和烦躁不安的。因此他用了至少有四分钟，才走了一步最普通、最简单的开局棋，按常规把王前卒往前挪两格。我们的朋友立即以王前卒向迎，可是岑托维奇又作了一次没完没了的停顿，简直让人难以忍受，这就像天上划了一道强烈的闪电，大家心里怦怦直跳，等着惊雷，可是惊雷就是不出现。岑托维奇一动不动，他静静地、慢慢地思索着，我越来越确定地感觉到，他这慢是恶毒的，不过这倒给了我充裕的时间去对 B 博士进行观察。他刚把第三杯水喝下，我不由自主地想到，他给我讲过在囚室里感到一种发高烧似的口渴。这时他身上已经明显地出现了所有反常的激动的征兆：我看见他的额头潮湿了，手上的伤疤比先前更红更显著了。但是他还控制着自己。到了第四个回合，岑托维奇考虑起来又是没完没了，这下３博士沉不住气了。

"总得走棋呀！"

岑托维奇抬起头，冷冷地看着他。"据我所知，我们是约定的，每步棋有十分钟的思考时间的呀！我下棋，原则上都不少于这个时间。"

Ｂ博士紧紧咬着嘴唇，我发现，在桌底下，他的脚烦乱地、越来越烦乱地摆来摆去往地板上蹭。我有一种预感，觉得他身上正在酝酿着某种荒唐的东西。这种预感压得我喘不过气来，使我自己也无法阻挡地变得越来越神经质了。事实上，下到第八个回合时又发生了一个风波。Ｂ博士等啊等，等得越来越不能自制，他再也无法抑制自己的张力了，他坐在那儿不停地来回晃动，而且禁不住开始用手指头敲着桌子。岑托维奇抬起他那沉重的乡巴佬式的脑袋。

"可以请您别捶桌子吗？这对我是个打搅。这样我无法下棋。"

"哈哈！"Ｂ博士短短地笑了一声，"这一点倒是都看见了。"

岑托维奇涨红着脸，严厉而带着恶意地问道："您这话是什么意思?"

Ｂ博士又短短地、幸灾乐祸地笑了起来。"没有什么意思。只不过您显然非常不耐烦了。"

岑托维奇没有吭声，低下了脑袋。

过了七分钟他才走子。这盘棋就是以这种慢死人的速度继续进行着。岑托维奇常常在发愣，而且似乎越来越厉害，后来他总是到约定思考时间的最大限度才决定走一步棋，而从一个间歇到另一个间歇，我们朋友的举止变得越来越奇怪。看来他似乎毫不关心这盘棋，而是在忙于别的事呢。他不再焦灼地跑来跑去，而是一动不动地坐在他的座位上。他的眼睛直瞪瞪地、几乎是迷乱地凝视着前面的虚空，不停地喃喃自语，说的话谁也听不懂，他不是沉湎在没完没了的棋阵组合，就是在创造另一些新的棋局——我怀疑他是在想新棋局——因为在岑托维奇终于走了一步棋之后，每次都得别人提醒 B 博士，把他从心不在焉的状态中叫回来。随后他每次都只需一分钟了解一下局势，我越来越怀疑，处在这种突然剧烈发作的冷冰冰的精神错乱状态中，其实他早把岑托维奇和我们大家忘掉了。果然，下到第九个回合，危机就爆发了。岑托维奇刚一落子，B 博士连棋盘都没有好好瞅一眼，便突然把他的象向前挺进三格，并喊了起来，声音大得把我们大家吓了一跳："将！将军!"

大家怀着希望看到一步妙着的心情，立即一齐注视着棋盘。但是一分钟以后所发生的情况，我们谁也没有料到。岑托维奇缓慢地、非常缓慢地抬起头，把我们这群人一个挨一个看了一遍，此前他从未这样做过。他显出一副得意洋洋的神气，他的嘴唇上渐渐开始浮现出一丝得意的、嘲讽的微笑。一直等到他把他这个我们仍不理解的胜利充分享受以后，才带着虚假的客套朝我们这帮人转过脸来。

"遗憾——我可看不出有'将'的棋。也许哪位先生看出对我的王构成了将军?"

　　我们望着棋盘,随后又不安地看着 B 博士。岑托维奇的王格确实有一个卒保护着,挡住了对方的象,也就是说,对王构不成将军,这样的棋是孩子都能看得出的。我们心里都很不安。难道是我们的朋友情急之中走偏了一个子,走远了一格还是走近了一格?我们的沉默引起了 B 博士的注意,现在他的眼睛盯着棋盘,开始急躁地、结结巴巴地说:"但是王确实应该在 f7 上呀……它的位置错了,完全错了。您走错了!棋盘上所有的棋子位置全错了……这个卒应该在 G5 上,而不该在 f4……这完全是另一盘棋呀……"

　　他突然顿住了。我使劲抓住他的胳膊,确切地说,我是在狠狠地掐他的胳膊,他虽然正处在激动不安的迷惘中,大概还是感觉到我在掐他。他转过脸来,像个梦游者似的紧紧望着我。

　　"您……想干什么?"

　　我只说了句 "Remember!"[①],别的什么都没说,同时用手指触了触他手上的疤。他下意识地跟着我的动作做了一遍,目光呆滞地望着自己手上那道血红的伤痕。接着他突然开始颤抖起来,全身起了一阵寒战。

　　"上帝保佑,"他苍白的嘴唇悄声说道,"我说了什么荒唐

---

① 英语,记住。

66

话，做了什么荒唐事吗……到头来我又……?"

"没有。"我对他悄悄耳语，"但是您得立即中断这盘棋，现在是关键时刻。请您想一想大夫对您说的话!"

B博士猛的站了起来。"请原谅我的愚蠢的错误，"他以往日那种客客气气的声音说，并向岑托维奇鞠了一躬。"当然，刚才我纯粹是胡说八道。这盘棋理所当然是您赢了。"接着他又转向我们，"我也要请诸位先生原谅。不过我预先告诫过你们，要你们不要对我抱太多期望。请原谅我的出丑——这是我最后一次试下国际象棋。"他鞠了一躬就走了，他的神情和先前出现时一样，谦虚而神秘。只有我知道，此人何以再也不会去碰棋盘，而其他人还都有点迷惑不解地待在那里，心里隐隐约约地感觉到，在千钧一发之际避免了一场极不愉快和极其危险的冲突。"Damned fool!"① 麦克康纳在失望之余叽里咕噜地骂了一句。岑托维奇最后一个从座位上站起来，还朝那盘下了一半的棋看了一眼。

"可惜，"他大度地说，"这个进攻计划一点不坏。对一位业余爱好者来说，这位先生的天赋委实是异乎寻常的。"

---

① 英语，该死的笨蛋。

看不见的收藏

—— 德国通货膨胀时期的故事

列车开出德累斯顿两站，一位上了年纪的先生上了我们的车厢，谦恭有礼地向大家打过招呼，然后抬起眼，像对一位老朋友似的特地再次朝我点头致意。最初的一瞬间，我想不起他是谁了，可是待他微微含笑，正要说出他的姓名时，我立刻就想起来了：他是柏林最有名望的艺术古董商之一，和平时期①我常常到他店里去观赏并购买旧书和名人手迹。我们起先随便聊了些无关紧要的事，接着他突如其来地说道：

　　"我得告诉您，我是刚从哪儿来的。因为这个故事可以说是我这个老古董商三十七年职业生涯中所遇到的最离奇的事。您本人大概也知道，自从货币的价值像逸散的煤气荡然无存以

---

① 指第一次世界大战前。

来，艺术品市场上是怎么样的情况：暴发户突然对哥特式的圣母像和15世纪印刷术发明初期的古版书以及古老的蚀刻印制品和画像颇为青睐，这帮人野心之大你都无法将他们转变过来，因此还不得不防范他们把屋里的东西一扫而光，甚至，他们恨不得连你袖口上的扣子和桌上的台灯都买了去。所以要搞到新的商品也就越来越难了——请原谅，我竟突然把这些我们一向对之心存敬畏的物品称之为商品——但是这批兜里鼓鼓的老土鳖甚至已经让人习惯于把一部精美的威尼斯古版书仅仅视为一笔美金，把圭尔奇诺①的一幅素描看做是几张100法郎钞票的等价物而已。这帮突然出现的购买狂个个涎皮赖脸，死缠硬磨，你怎么拒绝阻挡都无济于事。所以我一夜之间就被敲骨吸髓，弄得一贫如洗。我们这家老店号是我父亲从祖父手里接过来的，如今店里只好卖些寒碜的下脚货，这都是些从前连北方的街头废品商贩都不屑放到他们手推车上去的破烂货，目睹此情此景我羞愧难当，真恨不得将卷帘百叶窗放下，关门拉倒。

"在这种狼狈处境中，我想到，何不把我们的业务旧册簿拿来翻一翻，找出几位昔日的主顾，兴许还可以从他们那儿弄回几件副本呢。这种老主顾名录总像一片墓地，特别是现在这个时候，其实并不会给我多少引导作用。因为我们以前的主顾大多不得不早就把他们的藏品拍卖掉了，或者早已去世，对于

——————————

① 圭尔奇诺（1591—1666），意大利画家。

剩下的少数几位，也不能抱有什么指望。这时我突然翻到一捆大概是我们最早的一位主顾的信件，此人我早就把他忘了，因为从1914年世界大战爆发以来，他再也未曾向我们订购或者咨询过什么。我们的通信几乎可以追溯到六十年以前，这可没有一点儿夸张！他在我父亲和我祖父手里就买过东西，可是在我自己经手的三十七年里，我记不得他曾经来过我们店里。种种迹象表明，他一定是个古怪的旧式滑稽人物，是门采尔或者施皮茨韦格①笔下那种早已匿迹的德国人，他们有的还活到我们这个时代，在外省的小城镇有时还可见到，都成了稀有怪人。他手书的文本可以说是书法珍品，写得干干净净，每笔款项下面都用尺子和红墨水划上横道，而且总要把数字写上两遍，以免出现差错。再有，他还利用裁下的信笺空白页和翻过来的旧信封写信。凡此种种都表明，这个不可救药的外省人十分小家子气，有狂热的节俭癖。这些奇特的文件除了他的签名之外，往往还署着他的各种繁冗的头衔：退休林务官兼经济顾问，退休少尉，一级铁十字勋章获得者。这位1870年②的者宿，要是还活着的话，至少也有八十高龄了。可是这位滑稽可笑、节俭入迷的人物作为古代版画收藏家却表现出不同凡响的聪慧、精邃的知识和高雅的情趣。于是我慢慢整理出他将近六十年的订单，其中第一份订单还是用银币结算的。我发现，在

① 门采尔（1815—1905），德国画家；施皮茨韦格（1808—1885），德国画家。
② 1870年是普法战争之年，战争中普鲁士打败法国。

一塔勒①还可以买一大批最精美的德国木刻的那个时代，这位不显山露水的外省人定已悄没声儿地收藏了一批铜版画，和那些暴发户名噪一时的收藏相比，他的这些藏品却更令人刮目相看。因为在半个世纪里，他单在我们店里每次用不多的马克和芬尼②购得的东西积攒在一起，在今天恐怕已经价值连城了。除此之外，还可以想见，他在拍卖行和其他商号一定也捞到了不少便宜货。当然，从1914年以来再没有收到过他的订单。我对艺术品市场的行情十分熟悉，要说这样一批藏品无论公开拍卖或者私下出售，是一定瞒不过我的。如此说来，这位奇人想必现在还活着，或者这批藏品现在就在他的继承人手里。

　　"这件事情引起了我的兴趣，第二天，也就是昨天晚上，我立刻乘火车直奔萨克逊的一座凋敝的外省小城镇而去。当我出了小火车站，信步走上主要大街时，我觉得在这些平庸、俗气、带着小市民趣味的房子当中，在其中的某个屋子里竟住着一位拥有保存得完整无损的伦勃朗极其精美的画作以及丢勒和曼特尼亚的版画的人，这简直让人难以置信。我到邮局去打听，这里有没有一位叫这个名字的林务官或者经济顾问。当得知这位老先生确实还活着时，我真感到惊讶不已，于是，我在午饭前便动身前往他家，说实话，我心里真还有些忐忑不安呢。

---

① 塔勒，德国旧制银币。
② 芬尼，德国辅币单位，10C芬尼等于1马克。

"我毫不费劲就找到了他的住处，他的寓所在那种简陋的外省楼房的三层。这种楼房大概是在上世纪 60 年代由某位善于投机的泥瓦匠设计，匆忙地盖起来的。二层楼上住着一位老实的裁缝师傅，三楼的左侧挂着一块闪闪发亮的邮政局长的门牌，在右侧终于看到了写有这位林务官兼经济顾问姓名的瓷牌。我怯生生地按了一下门铃，立刻就出现了一位头戴干净小黑帽的白发老妪。我把我的名片递给她，并问，能否跟林务官先生谈谈。她先是惊讶地、有些怀疑地看了看我，然后看了我的名片。在这座被世界遗忘的小镇上，在这么一幢老式的房子里，居然有人从外地来访，这可是一件大事。她和蔼地请我稍等，便拿着名片进屋去了。我听见她在屋里小声说着，接着突然听见一个响亮的男人声音大声地说：'啊，R 先生……从柏林来的，从那家大古董店来的……快请进，快请进……我很高兴！'这时，老夫人又急步来到门口，请我进屋。

"我脱下大衣，走进屋去。在这间陈设简单的屋子当中，站着一位身体还很硬朗的耄耋老人，他身板挺直，蓄着浓密的髭须，身着半军装式的镶边便服，热情地向我伸出双手。这个手势明白无误地表示出他喜悦的、自然流露的欢迎，可是这又与他站在那里呆滞的奇怪神情形成明显的反差。他一步也不向我迎来，我只好走到他跟前，心里略感诧异地去握他的手。可是当我要去握他的手时，我从这双手纹丝不动地所保持的水平姿势上发现，他的手不是在找我的手，而是在等待。我一下子全明白了：这是位盲人。

"我从小迎面看见瞎子心里就感到很不舒服。每当想到一个人活生生的，同时又知道，他对我没有我对他那样的感受时，心里总排遣不了羞惭和不是味儿的那种体悟。就是此刻，在我看到在他向上竖起的浓密的白眉毛下那双直愣愣凝视着虚空的瞎眼睛时，也得克服我心里最初的恐惧。可是这位盲人没让我长时间去发愣，因为我的手刚一碰到他的手，他就使劲将我的手握住，并且用热烈而愉快的响亮声音再次向我表示欢迎，'真是稀客！'他笑容满面地对我说，'确实是奇迹，柏林的大老板竟会光临寒舍……不过，俗话说得好，商人上门，可得多多留神！……我们家乡话常说：来了吉卜赛，快快关上大门扎紧口袋！……是啊，我可以想象，您干吗来找我。在我们可怜又衰落的德国，现在生意很不景气，没有买主了，于是大老板们又想起了他们的老主顾，又找他们的羔羊来了。不过，我怕您在我这儿交不到好运，我们这些可怜的吃养老金的老人，只要有口饭吃就心满意足了。你们现在把物价弄得疯涨，我们可是没法跟上……我们这样的人是永远被抛弃了。'

　　"我立即纠正他的话，说他误解了我的来意。我来这儿，并不是要向他兜售什么东西，我只不过是正好来到近处，不想错过这个来拜访他这位我们店号多年的老主顾和德国最大的收藏家之一的机会。我刚说出'德国最大的收藏家之一'这句话，老人脸上就出现了奇怪的变化。他仍然直愣地、呆滞地站在屋子中间，但是现在他的脸上突然开朗了，而且现出内心深处有种自豪的神情。他转向他估计夫人所在的方位，仿佛想说：'你听见了吗！'随后他转过脸对我说，声音里充满快乐，刚才说话时还显露出的那种军人的粗暴口气已经无影无踪，而是以和顺、甚至可说是轻柔的语调说：'您这确实是太好了，确实太好了……不过也不会让你白来一趟的。我要给您看些东西，这可不是您每天都能看得到的，即使是在您引以为豪的柏林……给您看几幅画，就是在阿尔贝特①和讨厌的巴黎也找不到更好的了……可不是，60 年下来，收集了各种各样的东西，这些宝贝可不是平时在大街上就能随便见到的。路易丝，把柜子的钥匙给我！'

"这时，发生了一件意想不到的事。这位站在他旁边客气地微笑着，和蔼可亲地静听我们谈话的老太太，这时突然举起双手向我恳求，同时剧烈地摇着脑袋以示反对。起先我还不明白，她的这个信号是什么意思。随后她先走到她丈夫跟前，双手轻轻地搭在丈夫肩上：'可是，赫尔曼，你也不问问这位先生，现在有没有时间看你的藏品，现在到中午了。吃过午饭你得休息一小时，这是大夫特别要求的。等吃完饭你再把你那些东西让这位先生看，然后我们一起喝咖啡，这不是更好吗？那时安纳玛丽也在家，对这些东西她比我懂得多，她可以帮你的忙！'

"她刚说了这些话，似乎越过她毫无所知的丈夫，再次向我重复了那个急切恳求的手势。这下我明白她的意思了。我知

---

① 阿尔贝特，即著名的奥地利阿尔贝特版画收藏馆。

道，她是让我不要答应马上就观赏他的藏画，所以我立即借口说，有人请我吃饭。我表示，能允许我观赏他的藏品，我感到莫大的快乐和荣幸，可是在三点以前几乎不可能，三点以后我将乐于再来。

"他生气了，就像是被人把最心爱的玩具拿走了的孩子。他转过身来咕哝着说道：'当然，这些柏林的大老板总是忙得不可开交。可是这次您可得拿出点时间来，因为这些藏品不是三五幅画，而是二十七个收藏夹，每位大师一个，而且没有一个收藏夹没有装满。那么，说好下午三点，可得要准时，要不我们就看不完了。'

"他又朝空中向我伸出手来，'您看吧，您会高兴——或者生气的。您越生气，我就越高兴。我们收藏家就是这样：一切都为我们自己，不为别人！'他再次使劲握了我的手。

"老太太一直把我送到门口。在这段时间里，我注意到她一直忧心忡忡，显出又尴尬又恐惧的神色。可是现在快到门口了，她就压低嗓子，结结巴巴地说道：'你来我们家之前……可以让我女儿安纳玛丽……去接您吗？……由于种种原因……这样较为妥当……您大概是在旅馆里用饭吧？'

"'是的。我很高兴，我会感到非常愉快的。'我说。

"果然，一小时以后，我在市场附近那家旅馆的小餐厅刚刚吃完午饭，就进来一位衣着朴素、不很年轻的姑娘，睁大眼睛往四处找人。我朝她走去，做了自我介绍，并告诉她，我已准备妥当，可以马上跟她一起去看藏画。可是她的脸一下子突然涨得通红，表现出慌乱和尴尬的神情，就像她母亲先前那样。她恳请我，动身前能不能先跟我说几句话。我马上就看出，她很为难。每当她鼓起勇气，想要说话的时候，脸上忐忑不安、颤动不定的红晕便一直升到她的额头，一只手折卷着裙子。末了，她终于结结巴巴地开口了，这当间又一再沉入内心的慌乱，'我母亲让我来找您的……她什么都跟我说了……我们对您有个很大的恳求……在您到我父亲那儿去之前，我们想先把情况告诉您……父亲当然要让您看他的藏品，可是这些藏品……这些藏品……已经不很全了……其中缺了好些……可惜，甚至缺了相当多……'

"这时，她不得不再喘口气，随后突然凝视着我，匆匆地说道：'我必须坦诚地跟您说……您了解这个时代，您什么都会理解……战争爆发以后，父亲的双目完全失明，在此之前，他的视力就常出问题，后来因为激动，他的视力就完全丧失了——起先，尽管那时他已是七十六岁高龄了，他还是决意要到法国去打仗，后来德国军队没像 1870 年那样往前挺进，把他气得七窍生烟，这时他的视力就急剧下降。不过除了视力不济之外，他的身体还是十分硬朗的，直到不久前他还能一连散步几小时，甚至能去进行他喜爱的打猎。可是现在他不能出去散步了，他剩下的唯一的乐趣就是他的藏品，他每天都要欣赏……这就是说，这些藏品他是看不见了，他什么也看不见，可是每天下午他都要把所有的收藏夹拿出来，至少可以把这些画摸一摸，总是按照同样的顺序一张一张地摸，几十年来，他已经将这个顺序背熟了……现在他对别的东西已经没有兴趣，我得老给他念报上各和拍卖的消息，价格越涨，他越高兴……因为……对物价和时代父亲一点也不了解，这才是最可怕的……他不知道，我们已经失去了一切，他每月的养老金还维持不了两天的生活……再加上我妹夫又阵亡了，留下她和四个孩子……可是父亲对于我们这些物质上的困难却全然不知。起初我们省吃俭用，比从前更节省，但无济于事。后来我们就开始变卖东西——我们当然不碰他心爱的藏品……我们卖掉了仅有的那点首饰，可是，上帝呀，这又能卖多少钱！六十年来父亲把能省下的每一芬尼全都用来买画了。有一天，家里再没有什么可卖的了……我们真不知道这日子怎么过下去。这时候……这时候，母亲和我就卖了一幅画。父亲要是知道，那是绝对不会允许的。他不知道，日子过得多么艰难，他根本想不到，在黑市上弄点儿食物有多难，他也不知道，我们已经战败了，阿尔萨斯和洛林已经割让出去，我们再也不把报上的所有这些消息念给他听了，免得他激动。

　　"'我们卖了一幅非常珍贵的画，一幅伦勃朗的蚀刻画。商人给我们出价好几千马克，我们本指望用这笔钱维持几年生活的，可是您知道，货币贬化起来有多快……我们把剩下的钱全部存进银行，可是两个月后就付之东流了。因此，我们只好再卖掉一幅，又卖掉一幅，商人总是很晚才把钱寄来，这时货币又已经贬值了。后来我们就拿到拍卖行去，可是尽管人家出价几百万，我们也还是受骗……等到这几百万到我们手里，已经成了一堆分文不值的废纸。就这样，仅仅为了维持我们最可怜的生活，父亲收藏的珍品，连同几幅名画，全都渐渐流失了，而父亲对此却毫不知情。'

"'所以您今天一来，我母亲就吓坏了……因为要是父亲给您打开那些收藏夹，那么事情就露馅儿了……每个旧画框，父亲一摸就知道。我们把复制品或者相似的画页放进画框，代替那些卖掉的画，这样他摸的时候，就不会有所觉察。只要他能触摸、能清点这些画页（这些画的顺序他已准确地熟记于心），那他就会感到跟从前睁着双眼欣赏这些作品的时候同样的高兴。而平时在这个小镇上，我父亲认为没有人配得上看他的宝贝……每一张画他都爱不释手，我相信，要是他知道，他这些画早就在他手底下流失了，他一定会心碎的。这些年来，自从德累斯顿铜版画陈列馆的前任馆长去世以后，您是第一位他愿意让看他的收藏夹的人。所以我请求您……'

"这位不再年轻的姑娘突然举起双手，眼里闪着晶莹的泪花，'……我们请求您……别让他伤心……别让我们伤心……请您别把他这个最后的幻想毁掉，请您帮助我们，让他相信，所有他将向您描述的画还都存在……要是他猜到了真相，他就活不下去了。也许我们做的这件事对不起他，但是我们没有别的法子：人总得活啊……人的生命，我妹妹的四个孤儿，总比印在纸上的画重要吧……到今天，我们也一直没有夺走他的这个乐趣，每天下午能把他的收藏夹翻上三个钟头，跟每幅画都像跟人似的说说话，他就感到很快活。今天……今天说不定会是他最快活的日子。他

盼了好些年，盼着有朝一日能给一位行家展示他心爱的宝贝，我请您……我举起双手恳请您，别毁掉他的快乐。'

"她这番话说得那样感人肺腑，以我现在的复述，根本无法表达她的这种感情。上帝呀，作为商人，我见过许多人被通货膨胀卑鄙地洗劫一空，弄得倾家荡产，他们上百年祖传的珍宝被人用一个黄油面包就给骗走了——但是在这儿命运创造了一个特例，使我深受震撼。不言而喻，我答应她绝不吐露真情，并尽力帮忙。

"于是我们一起去她家——路上我十分愤怒地听说，人们用一丁点儿钱就骗了这两位可怜的无知女人，我心头就无名火起，但是这更坚定了我帮助她们到底的决心。我们走上楼梯，刚按响门铃，就听见屋里老人愉快而响亮的声音：'进来！进来！'凭着盲人敏锐的听觉，他一定听见我们上楼的脚步声了。

"'由于急着要让您看他的宝贝，赫尔曼今天中午一点儿都没睡。'老夫人笑着说。她女儿一个眼神就让她知道我答应了她们的请求，老太太也就把心放下了。桌上铺了一大堆收藏夹，正在等待。盲人一触到我的手，就抓住我的手臂，把我按在沙发椅上，连寒暄话都没说。

"'好吧，现在我们马上就开始！——要看的东西很多，而柏林来的大老板又没有时间！这里第一个收藏夹里全是大师丢勒的作品，您自己将会确信，收集得相当齐全——而且一幅比一幅精美。喏，看看吧，您自己来判断！'——说着他打开了画夹中的第一幅，'这是《大马》。'

"于是他便精心细致地，就像人家平时触碰到一件易碎的东西似的，用指尖小心翼翼地从收藏夹里取出一个嵌了一张泛黄的空白纸的画框。他激情满怀地把这张分文不值的废纸举在面前，凝视着，足有几分钟之久，可是并没有真正看见。他张开双手狂喜地把这张白纸举到眼前，整个脸上呈现出一位观赏者迷人的凝神专注的表情。可是他两颗瞎了的僵滞的眼珠，突然闪闪发亮，出现一缕智慧之光——是纸的反光，还是内心的喜悦所造成？

　　"'怎么样，'他自豪地说，'您什么时候见过比这印得更好的画吗？每个细部的线条多么锐利，轮廓多么清晰——我把这张画同德累斯顿的那幅做过比较，德累斯顿那张就显得呆板、木讷多了。再来看看它的来头！这儿——'他把画翻了过来，用指甲丝毫不差地指着这张空白纸上的一些地方，以至我下意识地朝那儿看去，看那儿是否真有标识——'您看，这儿是那格勒的收藏章，这里是雷米和埃斯戴尔的收藏章。这些著名收藏家大概怎么也料想不到，他们的画居然来到了这间小屋里。'

　　"听到这位毫不知情的老人如此热情地赞赏一张完全空白的纸，我真感到不寒而栗。看见他用指甲精确到毫米不差地指着只在他的幻想中还存在的看不见的收藏家的标识，真让人感到十分怪异，心里直发毛。恐怖使得我的喉咙感到憋气，像是被绳子勒住了似的，我不知道该怎么回答才好。我迷惘地抬眼看着那两个女人，看见浑身颤抖、异常激动的老夫人又举起了恳求的双手。于是我让自己镇静下来，开始进入我的角色。

　　"'简直是超群绝伦！'我终于结结巴巴地说道。'这幅画的印制真可谓精美无比！'自豪感使得老人的整个脸上立刻显得神采奕奕。'不过，这还不怎么样，'他得意洋洋地说，'您得先看看《忧愁》，或者这幅《基督受难》，这幅画色彩之绚丽，印制之精致，世上无出其右者。您看这儿，'说着他的手指又轻盈地抚摸着一幅他想象中的画，'色彩鲜艳，质感强烈，色调温暖。柏林的大老板们和博物馆的专家们见了不被震得瞠目结舌，惊得呆若木鸡才怪呢。'

　　"老人得意洋洋，滔滔不绝地说啊，讲啊，足有两个小时。我真无法向您描述，跟他一起观赏这一百张或两百张空白废纸或是拙劣的复制品有多么怪异，多么吓人！这些子虚乌有的画在这位可悲的毫不知情的老人记忆里可是货真价实，真真切切的，他可以毫无差错地按照精确的顺序赞美和描述每一幅画，精确地指出画上的每一个细部。这些看不见的藏品早已风流云散，荡然无存了，可是对于这位盲人，对于这位令人感动的受骗者来说，还实实在在地收藏在那里，还完整无缺地存在着。他由幻觉产生的激情是如此感人肺腑，几乎连我也开始相信了。只有一次，他似乎有所察觉，这下，他那梦游者的沉稳和观赏的热情就被可怕地打破了：拿起伦勃朗的《安提俄珀》（这是一幅试印张，想必确实具有无可估量的价值），他又赞赏了印刷的清晰，同时他那感觉敏锐的、神经质的手指深情地将这幅画复绘一遍，随后又照着印象中的线条重新描画时，他那久经磨练的触角神经在这张陌生的画页上却没有发现那些凹纹。这时他额头上突然掠过一片阴影，声音也变得慌乱了。

'这确实是……确实是《安提俄珀》吗?'他喃喃自语,神情显得有些尴尬。我立刻心生一计,急忙从他手里将这幅装了框的画页拿了过来,热情洋溢地把这幅我也能记得起来的蚀刻画的各种细节描绘一番。盲人的那张已经变得尴尬的脸重新松弛下来。我越赞扬,这位性格怪僻、已到风烛残年的老者就越显得亲切与随和,快乐与真挚。'这才是行家啊!'他朝他的家人转过脸去,兴高采烈地、得意洋洋地说。'终于,终于找到一位知音了。你们听听他说的,我这些画有多值钱。你们总是对我心存疑虑,责怪我把所有的钱都花在了收藏上。这倒是真的,六十年来,我不喝啤酒,不抽烟,不旅行,不看戏,不买书,总是一个劲儿省,省下钱来买了这些画。等到有朝一日我不在人世了,你们将会看到——你们发了,成了全城的首富,富得跟德累斯顿最有钱的富人一样,那时候,你们还会为我干的蠢事高兴的。可是只要我活着,一幅画也不许拿出这屋子——你们得先把我抬出去,这才能动我的藏品。'

"他边说边用手指轻柔地抚摸那些早已没有藏品的空收藏夹,就像是抚摸有生命的东西似的。——对我来说,这是一个可怕但又感人的情景,因为在这战争年代里,我还从未在一个德国人的脸上见过如此完美、如此纯真的幸福表情。他身旁站着他的妻子和女儿,神秘地跟那位德国大师蚀刻画上的女人形象①极为相似。画上的女人前来瞻仰救世主的坟墓,站在挖开

---

① 这里指丢勒及其蚀刻画《基督受难》。

的空墓穴前，脸上的表情既惊恐又虔诚，还有见到奇迹时的狂喜。犹如那幅画上的女门徒被救世主神的预示映得神采奕奕一样，这两个日渐衰老、含辛茹苦、家徒四壁的小市民妇女脸上则感染着老人那天真烂漫、心花怒放的欢乐，她们一面欢笑，一面流泪，这样感人至深的情景我还从未见过。可是，老人对我的夸奖真是百听不厌，他不断把画页堆起，又翻开，如饥似渴地把我说的每一句话都吞进肚里。等到最后，这些骗人的收藏夹被推到一边，老人很不乐意地把桌子腾出来喝咖啡的时候，对我来说倒是一次休息。可是我这心含内疚的放松又怎能与这位似乎年轻了三十岁的老人，与他激越高昂、升腾跌宕的欢乐情绪，与他的豪迈气魄相提并论！他讲了千百个买画淘宝的趣闻轶事，一再站起身来，不要别人帮忙，自己摸索着去抽出一幅又一幅画来，他像喝了酒似的兴奋和陶醉。可是等我末了说，我得告辞了，他简直大为惊吓，像个任性的孩子似的一脸恼怒，固执地跺着脚说：这可不行，还没看完一半呢。两个女人费了好大周折才让这位偏蹇的老人明白，他不能让我多耽搁了，要不然就会误了火车。

"经过激烈反对，最后他终于顺从了。告别的时候到了，他的声音变得非常柔和。他握住我的两只手，他的手指以一个盲人的全部表达力，亲热地顺着我的手一直抚摸到手腕，像是想更多地了解我，并向我表达言语所不能表达的更多的爱。'您的光临给了我极大、极大的快乐，'他开口说，语气中透着从内心激起的感触，这是我永远不会忘怀的。'终于又能和一位行家一起来欣赏我心爱的藏画，对我来说这真是件欣慰的事。我会让您看到，您没有白到我这个瞎老头这儿来。我让我太太作为证人，我在这儿当着她的面答应您，我要在我的遗嘱上再加上一条：委托您久负盛名的字号来拍卖我的收藏。您该获此殊荣，来管理这批人所不知的宝藏，'——说到这里，他深情地把手放在这些早已被洗劫一空的收藏夹上——'直到它流散到世界各地之日。不过您要答应我编制一份精美的藏品目录：让它成为我的墓碑，再好的墓碑我也不需要。'

"我望了望他夫人和女儿，她们俩紧紧地挨在一起，有时会有一阵战栗从一人传给另一个人，仿佛两人拥有一个身体，因为受到同样的心灵震撼而在那里颤抖。我自己的心情十分庄严，因为这位令人感动的毫不知情的老人，委托我像保管一批珍宝似的保管他那看不见的、早已散失的藏品。我深受感动，答应了这件我永远也无法完成的事。老人瞎了的眼珠又为之一亮，我感到，他从内心渴望感觉到我的真实存在，我从他的和蔼可亲，从他心怀感激和诺言里，从他用手指紧握我的手指的举止上，感觉到了他的这种渴望。

"两位女人送我到门口。她们不敢说话，因为老人听觉敏锐，会听见每一句话，但是她们热泪盈眶，她们的目光注视着我，充满感激之情。我神情恍惚，摸索着走下楼梯。我心里感到十分羞愧：我像童话里的天使踏进一个穷人家里，帮人做了一次虔诚的欺骗，肆无忌惮地撒谎，使一个瞎子在一小时内重见光明，而实际上我确实是个卑鄙的商贩，到这里来是想从别人手里狡猾地捞取几件珍贵的东西。可是我带走的却很多很多：在这麻木迟钝、毫无欢乐的时代，我又一次生动地感觉到了纯真的激情，一种心灵里充满阳光、完全献身于艺术的心醉神迷——对于这种精神状态我们这些人似乎早已忘怀了。我心里充满敬畏之情，——我无法用别的方式来表达——虽然我还因为不知原因而一直感到羞惭。

"我已经到了大街上，这时上面的窗户咔嚓一响，我听见有人在喊我的名字：真的，老人非要朝他估摸我所去的那个方向用他失明的眼睛为我送行。他的身子探出窗外老远，他的妻女只好扶着他，以防意外。他挥动手绢，用男孩子快乐而爽朗的声音叫道：'一路平安！'这是一个令我难以忘怀的情景：楼上窗口里露出一张白发老人快乐的笑脸，由一片善意的幻觉之白云从我们这个可憎的现实世界轻轻托起，高临于大街上那些郁郁寡欢、行色匆匆、忙忙碌碌的人群之上。我不觉又想起了那句真实的老话——我想，那是歌德说的——'收藏家是幸福的人！'"

森林上空的那颗星

——深切思念弗朗茨·卡尔·金茨凯①

---

① 弗朗茨·卡尔·金茨凯（1871—1963），奥地利诗人和小说家，第一次世界大战期间曾和茨威格一起在维也纳战争档案馆服务过。

有一次，身材颀长、穿着讲究的侍者法朗索瓦，从漂亮的波兰伯爵夫人奥斯特洛夫斯卡的肩头俯下身去摆放餐具时，发生了一件奇特的事情。这件事持续的时间只有一秒钟，没有引起任何颤动和惊恐，一切都纹丝未动。可是这却是千万个小时和日子都为之欢愉和踉然的一秒钟，宛如那些簌簌作响的高大的橡树连同摇晃的树枝和摆动的树冠，其巍巍的气势全都安安稳稳地包藏在一粒四处飘飞的花粉之中。在这一秒钟内外表上看不出一丝迹象。伯爵夫人手中的餐刀正在寻找食物，法朗索瓦，这位里维埃拉大饭店的机灵的侍者，便赶紧弯下腰去，把盘子摆好一点。就在这一瞬间，他的脸恰好紧贴着她一头松软的、香气四溢的卷发，他本能地睁开谦卑下垂着的眼睛，他迷醉的目光在这片黑色的发波中窥见了她白净的脖颈，其柔和粉白的线条延伸下去，消失在鼓起的深红衣服里。他的心仿佛忽地升起了紫色的火焰。餐刀碰到难以察觉地颤动的盘子上，发出微微的声响。虽然在这一秒钟里他预感到了这突如其来的陶醉的种种严重后果，但他巧妙地控制住了自己的激动，仍以一个风度翩翩的年轻侍者那种有点讨好的热情继续侍候伯爵夫人用餐。他迈沉着的步子，把盘子送到常同伯爵夫人一起用餐的贵族面前。这位贵族年纪比她稍长，举止温文尔雅，正在用法语讲些无关紧要的事情。其法语说得极其标准清晰，声音犹如水晶一般。送了盘子，年轻侍者就目不斜视、面无表情地从餐桌边退下。

这几秒钟乃是一种奇特的、充满沉醉的失落的开始，一种陶醉的、神魂颠倒的感受的开始，就是爱情这个郑重和骄傲的字眼也难以将它表达出来。这是那种盲目忠诚的、毫无欲愿的爱情，只有年纪很轻和年纪很大的人才会有爱情，除此之外，人的一生中是根本体会不到的。这是一种毫不深思熟虑的爱情，它不假思索，只是梦想。他全然忘记了人们对侍者所持的那种虽不公正但却无法消除的蔑视，这种蔑视就连聪明、潇洒的人对身穿跑堂服的人也会表露出来的。他并不去考虑种种可能性和偶然性，而是在自己的血液里培育这种奇怪的情愫，直至其隐秘的眷恋把种种嘲笑和责难统统视若敝屣，他的缱绻柔情不是表现在眨巴和窥视的目光中，不是表现在突发胆大妄为时放肆的举止上，不是表现在春心荡漾失去自制时渴望的嘴唇和颤抖的手上，这柔情表现在默默的尽心侍候上和做好各项细小的服务工作中，明知这些小事不会被人注意，所以谦卑中就更显得崇高和神圣。晚餐以后他用那么温存、那么缠绵的手指把她座位前桌布的皱痕抚平，犹如抚摸可爱而温柔的女人之手。他倾注全部深情将她身边的每样东西收拾得十分对称，仿佛在恭候她来参加筵席似的。他将她芳唇碰过的那些酒杯都小心翼翼地拿到他那间开有天窗、散发着霉味的小房间里，让它们像珍贵的首饰一样在明朗的月光熠熠闪光。他常常在某个角落秘密偷听她走路或漫步的声音。他吸吮她的话语，犹如人们美滋滋地用舌头品味一种甘醇可口、香气醉人的葡萄美酒，贪婪地抓住每一句话和每个吩咐，就像孩子们抓住飞来之球。就这样，他那颗沉醉的心灵给他可怜的、不值一提的生活带进了一束千变万化、绚丽多姿的光辉。法朗索瓦这个穷跑堂爱上了一位永远也无法企及的异国伯爵夫人，关于这件事的来龙去脉，他脑子里从未想过要去做这样聪明的蠢事：用冷冰冰的毁灭性语言将它原原本本地加以表达。因为他压根儿没有觉得她是现实的人，而觉得她是很高很远的东西，到达这里的，只是其生命的反光。他喜欢她发号施令时的那副盛气凌人的傲慢，喜欢她那两道几乎相碰的青黛的颐指气使的眉角，喜欢她薄唇周围密密的褶皱，喜欢她言谈举止的自信与优雅。对他来说，表现出卑躬屈膝那是理所当然的，他觉得能低声下气地在她身边做些低贱的侍奉工作，那是幸福，因为正是由于她，他才能进入围绕着她的那个令人着迷的圈子。

就这样，在一个普通人的生活中突然做起了一个梦，宛如路边精心培育的一棵珍贵花木，往日它的萌芽全被熙攘的行人踩坏，如今却盛开了。这是一个朴实的人的沉迷，是冷酷而单调的生活中一个令人回肠荡气、飘飘欲仙的梦。这种人的梦就像无舵之舟，毫无目的地飘荡在一平如镜的水上，晃晃悠悠，其乐无比，直到它猛的一下撞在一处不知晓的湖岸上。

可是现实比所有的梦境更严酷，更粗暴。一天晚上胖门房沃州人从他身边走过时说："奥斯特洛夫斯卡明天乘八点钟的火车走。"接着还说了另外几个无关紧要的名字，这些他根本就没有听见。因为听了前一句话他脑子里"嗡"的一下，像翻江倒海似的，卷起阵阵汹涌澎湃的波涛。有几次他机械地用手指抚推紧锁的额头，仿佛要把压在那里、紧紧束缚着智力的那层东西拨开。他迈了几步，脚下踉踉跄跄。他心神不定、惊惶失措地快步从一面镶着金框的大镜子前走过，镜子里一张苍白的陌生面孔木然地瞧着他，似乎什么思想也没有，好像统统都被禁锢在阴暗朦胧的墙壁后面了。他几乎是下意识地扶着栏杆，摸索着走下很宽的台阶，进了暮色苍茫的花园，几棵高大的伞松寂寞地耸立着，就像阴暗的思绪。他那摇晃不定的身影像只翩翩低飞的黑色大夜鸟，又往前趔趄了几步，随后便跌坐在一张长椅上，脑袋倚着冰凉的扶手。这时四周一片岑寂。后面，大海在簇簇圆形灌木丛中闪闪发光。柔和、颤动的灯光在那里微微闪亮，在这静谧的夜晚只有远处滚滚翻涌的波涛单调而持续地在吟唱。

突然间，一切都明白了，完全明白了。这事是如此明白，又如此苦涩，他几乎现出了一丝微笑。一切全都完了。奥斯特洛夫斯卡伯爵夫人要回家去了，而侍者法朗索瓦仍旧干他的活。这事难道真那么奇怪吗？来这住上两三个星期或三四个星期的客人不是全都走了吗？多傻呀，连这都没有想到！一切都明明白白，明白得让人笑，让人哭。各种思绪冗杂芜驳，像一团乱麻。明天晚上，乘八点钟的火车去华沙。去华沙——那要好多好多小时，要穿过好多森林和山谷，越过丘地和山岭，驶过好多草原、河流和喧嚣的城市。华沙！多么遥远的华沙！他根本不能想象，但是内心深处却能感觉到这个骄傲而带有威胁性的、严峻而遥远的字眼：华沙。而他……

　　刹那间，他心里还升起星星点点的梦幻似的希望之光。是啊，他可以跟着去呀。他可以在那里当仆役，当抄写，当车夫，当奴隶，还可以当乞丐，哆哆嗦嗦地站在华沙的街头，只要不离得那么远，只要能呼吸到同一城市的气息，或许有时她坐车疾驶而过的时候能看见她——虽然只能见到她的身影，她的衣服和她的黑发。于是种种行色匆匆闪烁而来。可是时间是残酷无情的。那事绝对办不到，这点他看得一清二楚。他算了一下自己的积蓄，顶多也只有一二百法郎。这点钱连一半路费都不够。往后怎么办？突然，他好似透过一条撕破的面纱看到了自己的生活，感到它现在好可怜，好可悲啊。寂寞空虚的侍者生涯已被愚蠢的渴望折磨得苦不堪言，他的未来大概就是这样可笑。他全身一阵战栗。突然，所有的思想之链都势不可挡地汇集在一起。现在只有一种可能——

树梢在难以觉察的微风中轻轻摇曳。他面前阴森的黑夜令人胆寒。这时他不慌不忙，镇定自若地从椅子上站起来，踩着作响的砾石走上去，进了灯光通明、寂静无声的大厦。到她窗前，他便停住脚步。窗户黑乎乎的，没有一丝闪烁的、可以点燃梦幻般渴念的灯光。所以他血液的跳动很平静，他迈步走去，颇似个不再被困惑、不再受欺骗的人。到了房间里，他往床上一躺，毫不激动，睡得沉沉的，一夜没有做梦，直到第二天早晨，铃声才把他叫醒。

第二天，他把自己的举止完全约束在精心琢磨的限度之内，强自镇定。他以冷冷的漠然态度干着他的服务工作，他的神情显示出无忧无虑的自信力，谁也感觉不到这副虚假的面具掩盖下的苦涩的决断。快开晚餐之前，他拿着自己的那点小小的积蓄跑到一家最气派的花店，买了精心挑选的鲜花，花的色彩绚丽多姿，正说明了他的心意：盛开的金红色郁金香象征热情似火，长瓣白菊使人觉得像是充满异国情调的淡淡的梦，窄窄的兰花表示憧憬中的修丽形象，此外还有几枝矜持、妩媚的玫瑰。接着他又买了一只用闪光的乳白玻璃制成的花瓶。尚剩的几个法郎，他从一个小乞儿身边走过时以极其迅速的动作毫不在乎地给了他。随后他便急忙赶回。他心情忧郁，郑重其事地将插着鲜花的花瓶摆放在他怀着生理上的快感慢慢地、一丝不苟最后一次为伯爵夫人准备的餐具之前。

接着晚餐开始了。他工作的时候仍和往常一样：冷冷的，没有声音，眼明手快，不抬头张望。只是直到最后，他才以一道她永不知晓的没有尽头的目光盯着她整个柔软而骄傲的身躯。他觉得，她从来没有像在他这别无所求的最后的目光中所呈现的那么美。随后他便平静地从餐桌边退下，出了餐厅，未作告别，面无表情。他像个该受到侍者躬身致意的客人一样，穿过过道，走下十分气派的迎宾台阶，朝大街而去。你定会感觉到，在这一瞬间他告别了，过饭店门口时他犹豫不决地定了一秒钟，接着他便顺着闪光的别墅和宽大的花园拐向一条林荫道，边沉思边漫步向前，自己也不知道要往何处去。

　　他就这样心神不定地怀着梦一般的失落感漫无目的地走着，一直走到晚上。他什么也不再去思考，不去思考过去的事情，也不去思考那不可避免的事情。他不再考虑死的问题了，就像人们在最后的瞬间举起闪闪发亮、令人胆寒的手枪，以深深的目光打量着，并在手里掂量一阵之后，又重新将它放下一样。他早已给自己作了判决①。只不过种种画面依然纷至沓来，匆匆浮现，又旋即飞去，犹如迁徙的飞燕。先是青春岁月，直到一堂倒霉的课为止。在这堂课上他为诱人的前途所惑，干了一件愚蠢的事，因而一头栽进了纷乱的世界。随后便是无休止的奔波，为挣钱糊口而卖力，他所做的种种尝试又一再碰壁，直到人们称之为命运的黑黝黝的巨浪把他的骄矜击得粉碎，并把他抛在一个低声下气的岗位上。许多色彩绚丽的回忆卷起一个个旋涡之后都消失了。末了，这几天的影像还从清醒的梦境

---

① 意为他早就决定了自己的命运。

中闪闪发光，不过这些梦猛的一下又撞开了他不得不通过的现实的阴暗大门。他思忖着，还不如今天就死了的好。

他思索了片刻，考虑了通向死亡的各条道路，并将其痛苦和快捷程度作了一番比较。突然，他生出一个念头，为此他浑身一阵战栗。他神情沮丧，一下想到了一个阴森的设想：既然她从他的命运之上飞驶而过，毁了他的命运而毫不知晓，那么，就让她将他的身体也碾碎吧。这件事要让她亲自来做。要她亲自完成她的作品。这样，这个想法迅速形成了，而且毫不踌躇。不到一小时了，特快列车八点开，它就要从他身边将她劫走。他要扑在火车的车轮下，让夺走他梦中情人的同一狂暴的力量把自己辗成齑粉。他要让自己的血流在她的脚下。这样的念头纷纷袭来，仿佛彼此在欢呼。他也认识那个殉情的地方。一直在上面林木密布的山坡上，就在那沙沙作响的树梢挡住鸟瞰近处海湾的视线之上。出台看了看表，秒针和他怦怦直跳的心脏几乎打着同样的节拍。已经到动身的时候了。他疲软的脚步竟一下有了弹性和坚定不移的目标，出现了坚毅而急促的节奏，往前走的时候一个个的梦都被扼杀了。南方的傍晚，暮色五彩缤纷，他心神不宁地朝那地方奔去，那儿，远处森林茂密的山峦间的天上正袤着一条紫带。他急忙朝前奔去，一直跑到那里，两条银线在他面前闪光，为他引路。轨道引导他蜿蜒往上，穿过芳香四溢的深谷，淡淡的月光透过披在山谷上的朦胧的面纱，将世界染成一片银色；铁轨引导他爬上一条坡道，来到山岗上。从那里可以看到远处黑黢黢的浩渺海洋在海滩灯光的辉映下闪闪发光。他终于看到了幽深的不安地沙沙作响的森林，铁轨在它投下的阴影中延伸。

他喘着粗气，站在黑暗的林坡上。这时天色已晚，四周的树木一棵挨着一棵，黑黢黢的，令人不寒而栗。只有高处，在微光闪烁的树冠中，树枝间才有一抹苍白而颤抖的月光洒落，每当晚风微拂，树枝就发出阵阵呻吟。有时，这阴郁的静谧中还传来远处夜鸟的啼鸣。在这令人心悸的寂寞中，他的思绪凝固了。他只是等待着，等待着，注视着第一个陡峻的 S 形曲线的弯道处是否有列车的红灯出现。有时他又心神不宁地看看表，一秒一秒地数着。随后他就专心致志地倾听机车在远处的鸣叫。但这是错觉。一切又都变得寂静无声。时间似乎凝固了。

终于，远处山下灯光闪亮了。这一瞬间他感觉到心里撞了一下，但并不清楚这是恐惧还是高兴。他突然扑倒在铁轨上。起初，片刻间他只感到太阳穴上铁轨惬意的凉爽，接着他便凝神谛听。火车还很远。大概还要几分钟才会到这里。除了风中树木的簌簌低语，别的什么还听不见。各种思绪纷繁缭乱，一齐涌上心头。突然，有一种思绪无法排遣，像是利剑穿心，痛不堪言：他为她而死，而她却永远不知就里。他的生活里激起了汹涌的波涛，但是连一个细微的泡沫也未曾触到过她生活的浪花。她永远不会知道，一个素不相识的生命曾眷恋过她，并为她肝脑涂地。

万籁俱寂的空气中从远处传来机车有节奏地爬坡时发出的

微弱的喘息声。但是他那个思绪还在灼燃，其势依然一丝未减，在最后的几分钟里还在折磨这个行将命赴黄泉的人。隆隆的列车越来越近。这时他再次睁开眼睛。他上面青黑色的天空默默无语，几处树冠簌簌作响。森林上空有一颗闪闪发光的白色星星。森林上空的一颗孤独的星星……他头枕着的铁轨开始轻轻震动，低声歌唱。可是那团思绪像火一样在他心里，在他目光中灼燃，目光里饱含着他爱情的全部炽热和绝望。所有的憧憬以及那最后的痛苦的问题全部都涌溢而出，注入那颗闪闪发亮的温柔地俯视着他的白色星星。这位行将殒命的人再次以他最后的、无法言说的目光拥抱了那颗闪亮的星星，森林上空的那颗星星。随后他闭上眼睛。轨道颤抖了，摇晃了，飞驰的列车隆隆地越来越近，森林里也轰隆隆地响个不停，像是敲响了无数口巨钟。大地像在摇晃。风驰电掣般的一声呼啸震耳欲聋，嗖的一下卷起一阵轰响，紧接着便是刺耳的"呜——吱——"的声音，这是汽笛发出的野兽般的惊叫以及列车一下没有刹住而发出的尖声呻吟……

　　美丽的伯爵夫人奥斯特洛夫斯卡订了一个包厢。开车以来她一直在读一本法国小说，火车的颠簸使她微微摇晃。在这狭窄的空间里空气闷热，充满了许多正在枯萎的花儿所散发的令人窒息的香味。临别时人家送的豪华的花篮里白丁香的花簇好似熟透的果子，疲倦地耷拉着脑袋，花朵软绵绵地倚着花茎，而又沉又宽的玫瑰花萼在这醉人的浮香热云中像要枯萎了。令人窒息的闷热给这沉沉的香气之波加了温，使得它们即使在列车呼啸飞驰时也在懒洋洋地往下浮垂。

突然间，书本从她虚弱的手指中掉下。她自己也不明其就里。使她松开手的是一种隐秘的感情。她感到一种昏昏沉沉的痛苦的压迫。骤然，一阵不可理喻的、揪心的痛苦紧紧袭上心头。她想，在这闷热的、令人眩晕的花香中非窒息不可。那令人忧惧的痛苦还未消退，她感觉到疾驰的车轮的每次震动，不假思索地滚滚向前的隆隆声把她折磨得心力交瘁。突然间，她心里升起一种渴望，要把飞驰的列车刹住，把正朝着难以理喻的痛苦疾驰的列车拉回来。她一生中还从未像这几秒钟那样感到自己的心被那种不可理喻的痛苦和莫名的恐惧紧紧钳住过，无论是碰到可怕的事，看不见的事或是残酷的事都未曾体验过类似此刻的那种恐惧。这种难以言表的感觉越来越强烈，喉咙被卡得越来越紧。但愿列车停下，像祷告一样，她在心里呻吟着这个想法。

这时突然响起了尖厉的汽笛声，机车发出狂叫示警，制动闸咔嚓咔嚓吐出凄惨的呻吟。飞滚的车轮放慢了节奏，而且越来越慢，随后嘎吱一声，哐啷一撞就停了下来……

她拖着笨重的脚步，费力地摸索到窗户边去呼吸清凉的空气。窗户的玻璃乒乒乓乓掉落下来，外面有人影在奔跑……几个声音飞快地说了几个字：一人自杀……压在轮下了……死了……在野外……

她吓得心惊胆战。她本能地将目光注视着高高的、默默无言的天空，以及那边黑黝黝的、簌簌作响的树木。树木上面是森林上空一颗孤独的星星。她觉得星星的目光犹如一颗晶莹的泪珠。她凝视着这颗星星，突然感到一种从未有过的哀伤。这是一种充满激情和渴望的哀伤，她一生中还从未体验过……

列车开始缓缓地继续行驶。她倚在一角，感到眼泪从脸颊上轻轻滴落。难以理喻的恐惧消退了，只是还感到一种深沉而奇怪的痛苦，她努力思索这痛苦的踪迹，但是没有找到。她心里充满痛苦，就像孩子在漆黑的深夜突然惊恐地醒来，感到自己十分孤独时的那种痛苦……

朦　胧　夜

我们房间里突然变得那么昏暗，是大风又把淫雨吹到了城市上空？不是，空气澄澈明净，沉寂安谧，这样好的天气今年是少见的，现在已经很晚了，但我们竟毫无察觉。只有对面的天窗还闪着微光，山顶上面的天空已经蒙上一层金色的烟雾。再过一小时天就黑了。这是奇妙的一小时，因为这时的色彩比什么都好看：色彩渐渐消退、昏暗，从地上升起的黑暗随之笼罩房间，最后这黑黢黢的波浪毫无声息地在墙上激荡，把我们也冲进了沉沉的黑夜。这时若有人相对而坐，相视无言，定会觉得在这一小时里，黑影之中对方那张亲切的面孔显得更苍老、更生疏、更遥远，仿佛过去从未见过这副模样，仿佛此刻两人是隔着辽阔的空间和悠悠岁月在遥相凝望。但是你说，你现在不愿沉默，要不然听到钟表把时间敲成上百个小碎片的滴答声，听见寂静中病人似的呼吸，心里就会感到压抑。你要我现在把事情讲给你听，好的。当然不是讲我自己，因为我们始终都生活在城市里，不是在这些城市，就是在那些城市，所以生活经历贫乏，或者说我们觉得很贫乏，因为我们还不知道真正属于我们的究竟是什么。此刻本来最好是默不作声，可是我却要给你讲个故事，但愿这个故事会像一片轻纱似的浮动在我们窗前的朦胧的光，温暖、柔和、溢泻的朦胧的光。

　　我不知道，我是怎么想起这个故事的。我记得，那天下午，时间还早，我在这里坐了很久，看了一会儿书，后来就迷迷糊糊地进了梦乡，或许已经微微睡着了，书掉在了地上。突然间我看见这里有一些人影，他们沿着墙壁忽闪而过，我能听见他们的谈话，看见他们的活动。可是正待我目送这些快要消失的人影时，我就醒了，只是孤零零一人。那本书掉在了我脚下，于是我就捡起书来，想在书中去寻觅方才这些人影的踪迹，可是我在书里再也找不到那个故事了，仿佛这个故事从书页中落到了我手里，或者书里压根儿就没有那个故事。这个故事也许是我梦到的，或者是在一片彩云中读到的。这是从遥远的国家飘到我们城市上空的彩云，它带走了久久压抑着我们的霪雨，要不然我是从手摇风琴忧伤地在我窗下嘎吱嘎吱地拉的那首朴素的古老歌曲中听到的，或者是多年以前有人讲给我听的？我搞不清了。那样的故事常常来到我跟前，我就像手里捧着水在玩，让故事里的事情从我的手指中间流掉，而不将它们抓住，犹如我们从谷穗和高杆儿鲜花旁走过，只是抚摸一下而不折摘一样。我只是梦到过这个故事，先是突然出现一幅色彩缤纷的图像，其结局倒是比较温和，可是我并未将它抓住。不过你今天要我讲个故事，那么此刻，在这朦胧的夜色中我们的眼睛越来越看不清，而我们渴望见到的色彩斑斓、活跃生动的东西却在我们眼前熠熠闪耀的时候，我就来给你讲这个故事。

怎么开始呢？我觉得，我得从黑暗中突出一个瞬间，突出一个画面和一个形象，因为这些稀奇古怪的梦也是这样在我心里开始的。现在我想起来了。我看见一个瘦长的男孩子正从一座王府宽阔的台阶上走下来。这时已是夜晚，一个月色朦胧的夜晚，可是我像拿着一面明亮的镜子把他灵活的身体照得轮廓分明，把他的面容看得清清楚楚。他简直美得出奇。他的头梳得有点孩子气，黑黑的头发垂下来，贴在显得过高的额头上，他的一双手娇嫩而高贵，黑暗中摸索着伸向前面，以感受浸透了阳光的空气的温暖。他的脚步犹豫不决。他梦幻般地走下台阶，来到这座大花园，花园里许多粗壮的树木在簌簌作响，贯通花园的仅有的一条宽阔的大道像一块白色的跳板在闪闪发光。

我不知道，这一切是何时发生的，或许是昨天，或许是五十年前，我也不知道是在何处发生的，但是我想，大概是发生在英格兰或者苏格兰，因为只有在那里我才见到过这么高大的、用宽大的方石砌成的王府，从远处看它宛如碉堡，桀骜不驯，有点吓人，细细观看才会发现这些王府都热情地俯视着下面阳光明媚、花团锦簇的花园。嗯，现在我完全确定，故事发生在苏格兰高原，因为只有在那里夏夜才这么明亮，天空像蛋白石似的闪着乳白色的光，田野也通宵不黑，仿佛万物都在从内部发出微微的光亮，只有像黑色的鲲鹏似的影子垂落在片片明亮的平地上。是在苏格兰，噢，这一点现在我完全、完全能肯定，要是好好想一想，我或许会想起这座伯爵府的名字和那个男孩的姓名来呢，因为梦幻中那张黑色的皮正在迅速脱落，一切我都能够如此清晰地感觉得到，仿佛这不是回忆，而是亲身经历。这年夏天，男孩在他已经出嫁的姐姐家作客，按照英国体面家庭的热情方式，他并不孤单。晚上，一大批狩猎朋友和他们的夫人大家在一起进餐，还有几位姑娘，全都是高贵的、如花似玉的佳丽，她们洋溢着青春活力的欢声笑语在古老的围墙上发出阵阵回音，然而却并不让人感到嘈杂喧闹。白天，骏马来回奔驰，猎犬系上皮带，那边河上则有两三条小船在闪亮，一派忙而不乱的景象使得生活有一种快速而舒适的节奏。

现在已是黄昏，宴席已散。先生们都在客厅里坐着，抽烟玩牌，直到午夜时分，从明亮的窗户里射出来的、边上颤动着的光束投在了花园里，有时还传出阵阵响亮而风趣的笑声。女士们大多已经回到自己房里，或许有一两位还在前厅聊天。所以到了晚上这位男孩便孤单了。还不允许他到先生们那儿去，或是只允许他在那儿待一会儿，到夫人们跟前去吧，他又腼腆，不好意思，因为往往他去拧太太们的房门把手的时候，她们就突然压低说话的声音，他感到，她们在谈他不该听的事情。其实还是因为他不喜欢同她们凑在一起，因为她们问他问题的时候，像是问小孩似的，对他的回答只是漫不经心地听一听，她们仅仅是让他来干各种各样的小事，完了就谢谢他，说他是乖孩子。所以他想上床睡觉去了，而且已经从盘曲的楼梯上了楼，可是房间里太热，憋得让人喘不过气来。白天忘了把窗户关上，所以阳光把屋子晒了个够：桌子灼热，床上像是用火烤过，四壁暑气熏蒸，房角里和窗帘上闷热的暑气还在颤颤悠悠地蒸腾。随后他想：天色还早——外面，夏夜像白蜡烛在闪亮，是那么宁静，一丝风儿都没有，静得消去了胡思乱想。现在男孩又走下这座王府的高高的台阶，走进花园。黑黝黝的花园上空，苍穹闪着微弱的光亮，像圣徒头上的祥光，许多看不见的鲜花竞吐芬芳，阵阵浓郁的香气诱惑地向他袭来。他心里有种奇怪的感觉。这位十五岁的男孩心情如此烦乱，他自己也不知道怎么会这样，但是他的嘴唇翕动着，仿佛要对黑夜倾吐些什么，他举起双手，或者久久闭上眼睛，仿佛他与这宁静的夏夜之间有什么神秘而知心的事儿似的，想说话或做个问候的手势。

男孩慢慢地从宽阔的、没有什么遮挡的大道上拐进一条狭窄的小路，两旁是高大的树木，顶上闪着银光的树冠像是在互相拥抱一样，而树底下却是黑黝黝的。这时万籁俱寂，只有静谧的花园里那种无法描述的声息，那种宛如细雨落进草里或草茎互相抚摸时所发的窸窣声颤动着向这位沉浸在甜蜜的、不可捉摸的伤感中信步前行的男孩子飘来。有时他轻轻摸一摸树，或者停下来聆听这微微的声息。帽子压着他的额头，于是他就把帽子取了下来，好让裸露的、血液扑腾的太阳穴感受一下睡意朦胧的微风的抚摸。

正当他往黑暗处走进一些的时候，突然发生了一件匪夷所思的事情。他背后，砾石发出嚓嚓的响声。他吓了一跳，待转过身去，就只看见一个修长的白色身影朝他翩翩而来，并且已经挨近了他。他胆战心惊，感觉到自己已被一个女人紧紧地、可又无丝毫强制地搂住。一个温暖、酥软的身体紧贴着他的身体，一只娇嫩的手迅速地、颤颤栗栗地抚摸着他的头发，并使他的头朝后仰，他心醉神迷地感到嘴上沾着一颗陌生的、开了口的仙果——两片颤抖的芳唇在使劲吮吸他的嘴唇。这张脸离他的脸那么近，近得他连对方的面容都无法看清。再说他也不敢看，因为一阵寒战向他袭来，他心里感到隐隐作痛，以致于不得不闭上眼睛，服服帖帖地任凭自己成为这两片灼烫的芳唇的猎物。他的两条胳膊迟疑不定、犹豫不决地搂住这个陌生的佳丽，如痴如醉地将这个陌生的身体使劲贴在自己身上，他的两只手贪婪地顺着柔软的曲线游移，歇了一会儿又哆哆嗦嗦地继续蠕动，越来越火热，越来越疯狂。她将他箍得越来越紧，身子已经弓了起来。现在她躯体的全部重量都压在他那任凭摆布的胸脯上，虽然很重，但他却感到美不胜收。她喘着粗气紧紧地贴着他，他感到自己不知怎么在往下坠，双膝已经支持不住。他什么也不去想，既不去想这个女人是怎么到他身边来的，也不去想她叫什么名字，他只是闭上眼睛从这陌生而湿润的双唇上贪婪地吮吸玉液琼浆，直饮得酩酊大醉，情不自禁，毫无理智地驱向一股无比强烈的激情之中。他觉得天上的星星突然坠落了，眼前光芒闪烁，他触及的东西全都像火花似的在颤动，在灼燃。他不知道，这一切持续了多久，他这样被柔软的链子拥锁着是否有几个小时，还是只有数秒钟。在这疯狂的感觉中，在这场心摇神荡的搏斗中，他感到身上每一根神经都在熊熊燃烧，他正在朝一种妙不可言的眩晕状态蹒跚而行。

后来，突然间这条火烫的链子一下子断了。紧紧抱着他的那双手猛的、几乎是愤怒地松开了，陌生女人站起来，一阵风似的跑了，一道白光从树旁一闪而过，在他举手去拽住她之前，早就不见了踪影。

这是谁？方才持续了多久？他忐忑不安、魂不守舍地倚着一棵树站立起来。他滚烫的太阳穴慢慢冷却下来，他又能冷静地思考了：他觉得，他的一生似乎往前挪了上千个小时。他过去曾迷迷糊糊地梦到过女人和情欲，难道突然之间竟梦想成真了？或者说，这确实只是一个梦？他摸了摸自己，抓了抓自己的头发。在好像被砰砰锤打着的太阳穴周围确实又湿又凉，这是因为方才他俩跌进草丛，沾了露水的缘故。现在这一切又在他眼前一闪而过，他感到嘴唇又在灼燃，又吮吸到了从她窸窣作响的衣服里散发出来的荡气回肠的馨香，他竭力想回忆起每一句话，可是一句也想不起来。

现在他一下想起，她什么话也没有说，连他的名字也没叫，他心里感到好生吃惊。他只听到她嘴里漾出来的阵阵呻吟，拼命屏住的销魂荡魄的狂喜的啜泣，只有闻到她散乱的头发散发的幽香，只感觉到她那对压着他的滚烫的乳房，以及她光滑的肌肤，她把她的娇躯，她的呼吸，她颤抖着的全部感情都给了他，而他却并不知道这个女人是谁，这个在黑暗中以其爱情来袭击他的女人是谁。他一定得要她说出一个名字来，以便解开他的惊愕和幸福之谜。

　　这时他觉得，方才他同一位女人所经历的那件闻所未闻的事，对于以诱惑的目光凝视着他的那个闪闪发光的秘密来说，实在是贫乏，极其贫乏和微不足道。这个女人是谁呢？他飞快地把每个可能的人都想了个遍，将住在这个王府里的所有女人的形象统统集合在他眼前。他回想起每个不寻常的时刻，从记忆中挖出同她们的每次谈话，重温唯一有可能卷入这个谜里去的五六个女人的每次微笑。也许是年轻的伯爵夫人 E，她常常那么厉害地叱责她渐渐衰老的丈夫；或许是他表叔的年轻夫人，她那双眸子显得出奇的温柔和彩虹般美丽；或许是——想到这点他就吓了一跳——他三位表姐中的一个？她们三人彼此长得很相像，个个都是一副文雅、矜持的神情。不是，她们可全都是冷若冰霜、谨言慎行的。近几年来，他常常觉得自己是个被驱逐的人，是个病人，自隐秘的烈焰在他心里熊熊燃烧，并且闪闪烁烁地落入他的梦境以来，他是多么羡慕三位表姐啊，她们个个都那么安然恬静，不晕头晕脑，没有欲念，或者说看起来是这样，而对自己正在苏醒的情欲则感到惶恐不安，就像害怕残疾似的。那么现在呢……？是谁，她们之中是谁善于如此掩人耳目呢？

经过这个问题的一番折腾，他慢慢地从心醉神迷的状态中清醒过来了。时间已晚，牌厅里的灯光已经熄灭，王府里只有他一人还醒着，就只有他——也许还有那一个，那个他不知其名字的女人。疲倦微微向他袭来。还去想它干什么？明天早晨目光一瞥，眼皮下的眼睛一闪，心照不宣地握一下手就会向他透露这一切的。他精神恍惚地走上台阶，就像他精神恍惚地走下台阶一样，不过两者之间可有天壤之别啊。他的血液仍然微微地激动着，白天太阳晒热的房间他现在觉得似乎凉快多了。

他第二天早晨醒来，楼下的马匹已在用蹄子蹬地刨土了，欢声笑语传进他的耳朵，中间还夹杂着他的名字。他飞快地从床上一蹦而起——早餐是已经耽误了，急忙穿上衣服，奔下楼去，受到大家兴高采烈的迎接。"爱睡懒觉的人。"伯爵夫人朝他笑着说，两只明亮的眼睛里闪着笑意。他贪婪的目光在她脸上搜寻着，不是，不会是她，她笑得过于没有拘束。"做了个甜蜜的梦吧。"这位年轻夫人戏谑道，他觉得她的娇躯好像过于瘦削。他飞快地将她们的脸逐一扫视一遍，想为他的疑问找到答案，可哪一张脸也没有以嫣然一笑来向他回传心曲。

他们骑马到乡下去。他用心谛听每个人的声音，眼睛紧紧注视着女士们骑在奔马上身体扭动时的每根线条和每个起伏的姿势，窥视着她们弯腰抬臂的神态。中午在餐桌上坐着闲聊的时候，他故意弯着身子，挨近她们，以便闻一闻她们双唇上的芬芳，或者秀发上散发出来的馥郁的香味。但是一无所获，他没有得到信号，没有得到些微可以供他发烫的思想去跟踪追击的踪影。漫长的白昼已尽，天色渐近黄昏。他本想看看书，但是一行行的字都从书页边上溜出去，突然进了花园。黑夜，奇怪的黑夜又降临了，他感觉到那不知名的女人的一双手臂又将他紧紧抱住了。他从哆嗦着的手里把书放下，想到池塘那边去。突然间他已经站在老地方的砾石路上了，对此他自己也大为吃惊。晚餐时他心里忐忑不安，一双手不知所措，不停地来回摸索，无处摆放，好像被人注视着一样，他的眼睛怯生生地缩在眼帘之下。终于，其他人都挪开椅子起身了，直到这时他才喜形于色，马上从往房间去的路上逃进花园，在白色小路上来回踱步。小路好似一条乳白色的雾带在他脚下闪着微光，他在这条路上不停地踯躅，徘徊了千百次。客厅里的灯点亮了吗？点亮了，灯终于全都点亮了，二楼上几个黑乎乎的窗户里终于也透出了灯光。夫人小姐们都回各自的卧室去了。她若是来，只要再过几分钟就可以到了，可是现在每一分钟都在膨胀，膨胀到爆裂的程度，他心急如焚。他又在踯躅了，像是被一条看不见的绳子拴着，扯着他只好这样走来走去。

这时突然白色的人影一闪，下了台阶，动作飞快，快得他无法认出来。她像一缕月光，或者像遗失在树丛中的一条随风飘舞的纱巾，被一阵急风刮了过来，现在，现在刮进了他的怀抱，他伸开双臂，像爪子似的贪婪地将这个因为急速奔跑而发热的、充满野性的身子抱住，感觉得到她的心脏在怦怦直跳。这股热浪出其不意地袭在他的身上，在热浪甜蜜的冲击下，他以为要晕倒了，一心只想随波流去，在暧昧的快乐和满足的波涛中浮沉。同昨天一样，这次又只是一瞬间。接着他从陶醉中猛然清醒过来，抑制住内心的欲火。女人的娇躯此刻在他身上贴得那么紧，他觉得这颗怦怦作响的陌生的心是在他自己胸中跳动。但是不行，绝不能沉迷在这销魂荡魄的温柔乡里，在知道这女人的名字之前，绝不能任凭这两片正在吮吸的芳唇来摆布！她吻他的时候，他把头往后一仰，想看清她的脸。可是，这里落着一片树影，在黯淡的月光中和黑发交织在一起，难以分辨。树丛太密，浮云遮掩的月亮光线又太弱。他只看见一双晶莹的眼睛，像是两颗红似烈焰的宝石，像是藏在色泽黯淡的大理石深层的两颗宝石。

　　他一心想听她说一句话，即使只听到她吐出的一星半点儿声音也好。"你是谁，告诉我，你是谁?"他要求道。但是这两片柔软、湿润的芳唇只是一味亲吻而不出一声。于是他想，把她弄痛，她一叫喊，不就逼出声来了。于是，他揪住她的胳膊，用指甲戳她的肉，可是他从她紧紧屏住的胸口听到的只是喘息声，火辣辣的呼吸和硬不出声的嘴唇上的春情。从她的双唇中只是间或吐出微弱的呻吟，他不明白，这声音是由于疼痛还是由于销魂之乐而发的。面对这固执的意志，他感到无能为力，从黑暗中出来的这个女人征服了他而没有暴露自己，他具有无限的力量来战胜这个欲壑难填的娇躯，但却无法得知她的名字——这一切弄得他快要发疯了。他不由得怒火中烧，想竭力摆脱她的缠绕，可是她呢，她感觉到他胳膊上的劲儿渐渐小了，觉察到他心里惴惴不安，就用她激动的手抚摸他的头发，既是安慰，又是挑逗。她的玉指在他头发上摩挲时，他感觉到额上有种轻微的叮当声，那是她松松地垂挂于她手镯上的一块金属牌牌——一枚硬币——在摆动。这时他突然生出一个想法。他像是沉溺于最最野性的情欲中似的，把她的手拉来压在自己身上，同时把这块硬币深深压进自己半裸的胳膊，直到硬币的一面在皮肤上留下一个印记。现在他已经得到了一个记号，因为记号就在他身上，所以这时他便乐得顺从自己方才被抑制的激情。于是他便紧紧贴进她的身体，吮吸她芳唇上醉人的快乐，默不作声地搂抱着她，跃入神秘、恣肆的欲火之中。

后来，同昨天一样，她又突然一跃而起，逃之夭夭，不过他也没有想要拦住她，因为他急于想看清那个记号，这种好奇心使他的血都烫了。他奔回自己的房间，把黯淡的灯火拨得铮亮，迫不及待地低头查看那枚硬币印在他臂上的记号。

这个印记正在消去，已经不很清楚，圆周已不完整，但是有一角还很清晰，留下的红色印痕还历历可见。印记的角上棱角分明，这枚硬币大概是八角形，中等大小，大体上像是一便士币，只是更有立体感，因为图案上与山丘相应的低洼还刻得更深。这印记像火一样烫人，正当他如此贪婪地细细观看时，他感到这印记突然像伤口一样作疼，直到他把手浸在冷水里，火辣辣的疼痛才消去。这枚金属牌牌是八角形，现在他感到有了十足的把握。他的眼里闪着胜利之光。明天一切他都将知晓。

翌日早晨他是最早来到餐桌边的一个。夫人小姐中只有一位年纪较大的小姐在，他姐姐和伯爵夫人她们正在用餐。她们个个满面春风，兴之所至，谈笑风生，谁也没有去理他。这倒正中他的下怀，他可以更好地观察她们。他的目光迅速扫过伯爵夫人纤细的手腕：她没有戴手镯。他这才泰然自若地同她说话，但是他的眼睛却总是焦躁不安地往门口探望。他的三位表姐这时正一同进来。他心里又惴惴不安了。他看见她们手腕上的饰物都缩在衣袖里，隐隐约约地看不清楚，可是她们转眼就落了座，恰好在他对面：吉蒂，栗色头发，玛尔戈特是一头金发，伊丽莎白的头发很亮，亮得像白银在黑暗中闪光，像金色的瀑布在阳光中飞泻。这三位都像往常一样，冷淡、沉静和矜持，摆出一副端庄的样子。他最恨的就是她们身上的这副神气，因为她们并不比他大多少，前几年还跟他一起玩呢。现在就缺他表叔的年轻妻子了。少年的心变得越来越忐忑不安，因为他感到马上就要水落石出了，一下子他几乎反倒喜欢上这秘密给予他的谜一般的折磨了。不过他的目光是好奇的，老在餐桌边飞快地游弋，女士们的手或是静静地放在洁白雪亮的桌布上，或是像轻舟在波光粼粼的港湾里缓缓地荡漾。他看到的只是一双双纤手，他突然觉得一只只手犹如一个个古怪的人，犹如舞台上的人物，每个都有自己的生命和灵魂。他太阳穴上的血液为什么跳得这么厉害？他的三位表姐都带了手镯，这一发现使他大吃一惊。从儿童时期起他就一直知道她们三人脾气倔强，性格内向，可是他要加以证实的，肯定就是这三位高傲的、外表上无可挑剔的姑娘中的一位，这事使他感到困惑。那么究竟是哪一位呢？是年纪最大也是他最不熟悉的吉蒂，是态度生硬的玛尔戈特，还是小伊丽莎白？她们之中无论哪一位，他都不敢企望。他心里暗暗希望，但愿她们都不是，或者说他不愿知道那个人。可是现在他心里充满了强烈的渴望，非弄个水落石出不可。

　　"可以再给我一杯茶吗，吉蒂？"他的声音听起来像喉咙里有沙子似的。他把杯子递了过去，这么着她就得抬起手臂，伸过桌子，将茶递到他面前。现在——他看见她的手镯上垂挂的一块雕牌颤动着，一瞬间他的手僵住了，但不是，这是块镶嵌的圆形绿宝石，碰在瓷餐具上发出微微的响声。他的目光满怀感激地掠过吉蒂的褐发，像是给了她一个吻。

　　片刻间，他喘了口气。

　　"能劳驾你递给我一块方糖吗，玛尔戈特？"对面餐桌上抬起一只纤手，伸出去拿住银盒，递了过来。这时——他的手微微哆嗦了一下——他看见她藏在袖子里的手腕上戴着一个精巧的手镯，上面垂着的一枚古银币在摆动，银币是八角形，一便士大小，显然是件传家之宝。这可是八角形的呀，每个角都很锐利，昨天在他肉里扎下了一块印记。他的手把握得不太稳，夹糖的钳子两次都夹偏了，最后夹起的一块方糖才掉进茶里，不过他忘了喝。

　　玛尔戈特！这个名字在他嘴唇上灼燃，这是一个前所未有的惊异，他差点叫喊起来，不过他还是咬紧了牙齿。这时他听见她在说话——他觉得她的声音好陌生，仿佛有人在讲台上向台下讲话——冷冰冰的，字斟句酌，轻轻开个玩笑，神色从容，泰然自若，她的这种肆无忌惮的谎言真让他感到心惊胆战。这真是晚上像猛兽似的向他扑来的姑娘，就是昨天被他压得气喘吁吁、两片芳唇任他狂吸猛饮的那位姑娘吗？他又一次怔怔地谛视着她的嘴唇。是的，那固执劲儿，那内向的性格，只可能隐藏在这两片轮廓鲜明的嘴唇上，可是那烈焰熊熊的欲火又向他泄露了什么呢？

他更加仔细地凝视着她的脸，仿佛是第一次见到她。他狂喜、震颤、幸福得差点儿大哭起来，他第一次感到，她显出这副高傲的神态时有多美，她心怀这个秘密时诱惑力有多大。她的两道秀眉呈弧形曲线，形成一个锐角之后就突然往上一挑，他那春情激荡的目光精心描摹着这两道眉毛的线条，深深钻入她那双灰绿色的眸子中清凉的宝石红玉髓之中，吻着她脸庞上苍白的、微微透着光泽的皮肤，将她此刻轮廓鲜明地紧绷着的嘴唇软软地隆成拱形来亲吻，又在她那浅色的秀发中搜寻了一番，随后迅速往下移去，销魂地将她整个身躯拥入怀里。直到此刻他才算认识她。这时他从餐桌边站起来，但两膝哆嗦不已。他被她的外貌弄得酩酊大醉，仿佛饮了浓郁的玉液琼浆。

这时他姐姐已经在楼下喊他了。已经备好作晨骑用的马匹嘴嚼轻勒，都在那儿焦躁地踏着舞步，显得很不耐烦。他们一个个迅速坐上马鞍，随即便像一队色彩缤纷的骑兵上了花园林荫道。起初马匹是慢步小跑，这男孩觉得这种懒洋洋的均匀的马步同他血液涌流的急速节拍很不协调。然而一出大门，大家就纵马飞奔，从道路的左右两侧驰进还在蒸腾着薄薄的晓岚的草地。夜里的露水一定很重，因为在轻纱般袅袅升腾的烟雾中不时闪烁着晶莹的水珠，空气格外清凉，好似近处有道瀑布在飞泻。完整的一队人马立刻就分散开来，链条扯成了五颜六色的几截。有几位已经连人带马消失在山间的树林里了。

　　玛尔戈特是骑在最前面的人中的一个。她喜欢恣肆驰骋，喜欢劲吹的疾风戏弄她的长发，喜欢策马奔驰，听到耳际嗖嗖风声时的那种无法描述的感觉。在她身后，那男孩在纵马狂奔。他看见她那高高端坐马上的骄傲的身躯随着剧烈的起伏动作，弓成一条美丽的弧线，间或还看到她泛着一抹淡淡红晕的脸颊和炯炯有神的眼睛。此刻，在她如此热情地展示自己的精力时，他又认出了她。他极其强烈地感觉到她突如其来的爱情，她的欲望。他心里突然升起猛烈的欲望：现在猛的将她抓住，将她从马上拉下来搂在怀里，再次吮吸她那难以驯服的芳唇，承受她那颗激动的心颤巍巍地对他胸口的冲撞。他向马的腹部抽了一鞭，马便嘶鸣着奔到前面。现在他到了她身边，几乎同她膝盖擦膝盖，马镫相碰发出轻微的声响。现在他非得把事情揭开，非得揭开。"玛尔戈特。"他结结巴巴地说。她转过头来，两道剑眉往上一挑。"什么事，波普？"她冷冷地问，眼睛冷淡而晶莹。他身上起了一阵寒战，一直传到膝盖上。他该说些什么呢？他可找不到词儿了。他支支吾吾地说出了往回走的意思。"你累了？"她问，他觉得这话里带有嘲弄的意味。

"不累，可是他们远远落在后面了。"他更加吃力地说。他感到，再有片刻，他恐怕就要干出荒唐事来了：猛的朝她伸出胳膊，或者放声大哭，或者用像带了电似的、在他手里颤抖的鞭子抽她。他猛然一拉缰绳，将马往回一带，弄得奔马立起了后脚，而她却继续往前疾驰，高挺的身子端坐马上，一副骄傲、拒人于千里之外的神态。

　　其余的人很快就赶上了他。他周围响起一阵唧唧喳喳的说话声，但是这些欢声笑语回响在他耳畔，就同嗒嗒的马蹄声一样，没有一点意义。他没有勇气向她诉说他的爱情，逼她说出事实真相，为此他感到十分苦恼，他想驯服她的欲望变得越来越强烈，像一片红色的天穹在他眼前坠落在地上。为什么他不将她嘲弄一番，就像她犟着性子将他嘲弄一样？他下意识地策马向前，等到坐骑风驰电掣般跑开了，他心里才感到轻松一些。这时大家都在喊他往回骑。太阳已经爬上山峦，高悬中天。田野上飘来一阵柔和弥散的芳香，色彩耀眼，像熔化的黄金闪入他的眼帘。湿热和浓香在大地上蒸腾，汗水涔涔的马匹已经懒洋洋地开始小跑，身上冒着热气，不住地喘息着。队伍又慢慢地聚集在一起，欢笑声显得有气无力，大家的话也少了。

　　玛尔戈特也重新出现了。她的马口里吐着白沫，有的溅在她衣服上在微微颤动，头发绾的圆髻眼看就要散开，现在只有发卡松松地别着。这男孩着了魔似的紧盯着这头金色的发绾，他思忖，这头金发说不定会突然松开，披落下来，长发飘洒。

这个想法使他兴奋异常，几乎发狂。大路尽头处，花园的拱形大门已经在光灿灿地闪耀，后面是通往王府的宽阔的大道。他把缰绳一带，小心翼翼地纵马从别人身边超过，第一个到达花园。他跳下马，把缰绳交给跑来的仆人，自己则在那里等着大队人马到来。玛尔戈特是最后到达的几位之一。她缓缓策马而来，身体软绵绵地往后偎着，像是一次销魂之后全身酥瘫了一般。他觉得，她在心醉神迷之后准是这副样子。想起这事，他心里便激情翻涌，狂飙顿生。他挤到她跟前，气喘吁吁地扶她下马。

他扶着马镫，一只手急切不安地就势抱住她娇嫩的脚腕。"玛尔戈特。"他呻吟着喃喃地低声喊道。听到他喊她，她连眼皮都没抬一下，就泰然自若地握着他伸过来的手，从马上一跃而下。

"玛尔戈特，你真是妙极了。"他再次结结巴巴地说。她狠狠地盯着他，又把眉毛高高地挑到额头上。"我认为你喝醉了，波普！你在这里胡说些什么?"他对她的装模作样感到愤怒，出于盲目的激情，他把丕一直握着的那只手紧紧压在自己胸口，仿佛要将这只手戳进自己胸腔里去似的。玛尔戈特大为恼火，脸气得绯红，她狠狠地把他一推，推得他一个趔趄，她自己则迅速从他身边迈过。这一切发生得非常迅速，只在一念之间，所以谁也没有发现，就连他自己也以为，这不过是一个令人心悸的梦。

他的脸色如此苍白，整天激动不已，以致那位金发伯爵夫人走过时还捋着他的头发问他是否哪儿不舒服。他怒不可遏，竟将那条汪汪吠叫的狗一脚踢到边上，玩牌的时候也是笨头笨脑的，惹得姑娘们都拿他来取笑。他想，今晚她不会来了。这个想法害了他，弄得他闷闷不乐，无明火起。他们大家一起在外面花园里坐着喝茶，玛尔戈特在他对面，但是她连看都不看他。他的眼睛一直颤颤悠悠地望着她的眼睛，像有磁铁在吸引似的，可是她的眼睛冷冷的，就像两块灰色的石头，没有一点反应。受她这般耍弄，他不禁心头火起。她转过脸，不去看他。见她这副狂妄神气，他便捏紧拳头，他觉得，他简直会一拳把她打趴下。

　　"到底怎么啦，波普，你的脸色很苍白呢?"这时突然有个声音问道。那是小伊丽莎白，玛尔戈特的妹妹。她的眼里闪烁着一道温暖、柔和的光，然而他却没有觉察到。他感到像是被人抓住了什么把柄似的，怒气冲冲地说:"让我安静一会儿吧，别拿你那该死的担心来折磨人!"说了这话，他便后悔不已，因为伊丽莎白的脸刷的一下变得十分苍白，马上转过头去，眼含泪水说:"你这个人可真怪。"大家都愤愤不平地、几乎是威逼性地望着他，他自己也感到礼亏。然而，他还没有来得及道歉，那边桌上便传来一个生硬的声音，那是玛尔戈特的声音，锋利，冷峻犹如刀刃:"我压根儿就觉得，波普那么大了还这么不懂礼貌。把他当绅士，或者仅仅把他当成年人看待，都不对。"这话是玛尔戈特说的，就是昨天晚上还把双唇赐予他的玛尔戈特说的。他感到周围的一切都在旋转，眼前一片模糊，不禁怒火中烧。"想必是你，恰恰是你，对于这件事该是一清二楚的！"他不怀好意地强调说，并且站起身来。由于他动作过猛，碰倒了身后的椅子，可是他头也不回，就拂袖而去。

不过，他自己也觉得这太荒唐，晚上他又站在楼下的花园里，向上帝祷告，愿她能来。或许她的态度也只不过是故作姿态和桀骜不驯的表现吧，不，他不想再问她，不想再折磨她了，只要她来，只要允许他在自己嘴上能重新感觉她柔软、湿润的双唇那强烈的欲望，那么所有的问题就都无需解答了。时间似乎已经沉入梦乡，象只行动迟钝、有气无力的野兽匍匐在王府前面；时间真是长得出奇。他觉得四周草丛中发出的轻微的咪咪声就像是嘲笑人的声音，轻轻摇曳的枝桠在戏耍着自己的影子和微微闪耀的灯光，像是爱捉弄人的手在晃动。各种声音纷乱杂沓，而且陌生，比沉寂更让人感到肝肠寸断。那边乡村里间或有犬吠声传来，有时一颗流星飕的一下划过夜空，坠落在王府后面的什么地方。黑夜似乎变得越来越亮了，投在路上的树影则变得越来越浓，那些微弱的声响也越来越纷乱杂沓。后来，飘动的浮云又遮住了天穹，朦胧、抑郁的昏暗笼罩着大地。这份寂寞一下袭上他滚烫的心头，令他感到隐隐作痛。

少年不住地徘徊，步子越来越急，越来越快。有时候他朝树木怒击一拳，或者用手指把树皮抠得粉碎，他怀着满腔怒火使劲地抠，把手指都抠出了血。唉，她不会来了，他本是预料到的，然而他却不愿相信，因为她要是不来，那就永远，永远不会再来了。这是他一生中最痛苦的一刻。他还年轻，正值青春年华，想到这里，他便狠狠地扑倒在潮湿的苔藓地上，双手在土里乱抓，泪流满面，剧烈地轻声啜泣着，长这么大他还从来没有这么哭过，将来也不会再这样哭。

　　这时，树丛中突然轻轻地咔嚓一声，把他从绝望中唤醒。他一跃而起，双手朝前瞎摸，一个热乎乎的东西朝他胸口猛的一撞，真是妙不可言——他又将那个梦寐以求的娇躯搂在了怀里。他喉咙里涌起一阵抽泣，他整个存在化为剧烈的痉挛，他将这个高高的丰腴身体紧紧搂住，搂得那陌生而又缄默不语的嘴里发出一声呻吟。他感觉到，她在他的牛劲之下呻吟着，于是他第一次知道，他主宰了她，而不像昨天，也不像前天，他成了她忽阴忽晴的脾气的猎物。他心里生起一股欲望，要为他这上百个小时所受的痛苦而折磨她，要为她的桀骜不驯，为今天晚上她当着大家的面所说的那些鄙薄的话，为她生活中撒谎的花招而整治她。仇恨已经同炽热的爱情融为一体，因而这拥抱与其说是柔情缱绻的亲昵，还不如说是一场搏斗。他紧紧钳住她纤细的手腕，她整个气喘吁吁的身体也随之扭动，颤栗不已，随后他又将她拉进怀里，使劲搂住，搂得她动弹不得，只好一个劲儿低沉地呻吟，他不知道，这呻吟是出于快乐还是出于痛苦。尽管这样，他却依然无法逼她说出一个字来。现在他把自己的嘴唇贴在她的双唇上不住地吮吸，还想把这低沉的呻吟也封住。这时他感到她的唇上湿乎乎的，是血，是正在流淌的血，是她用牙齿使劲咬着嘴唇咬出来的血。他就这般折磨着她，直到他突然感到自己的精力也已消耗殆尽，一股情欲的热浪涌上心头，两人这才胸贴着胸，喘息不止。熊熊烈焰一下就熄灭了，星星仿佛在他们眼前闪烁，一切都神经错乱了，他的思想转得更加疯狂，万物就只有一个名字：玛尔戈特。他心里烈焰腾腾，终于从心灵深处低沉地吐出了一个声音——是欢呼也是绝望，是渴望、仇恨、愤怒，也是爱情，这一切凝成一句话，一声呼喊，抑制着三天的痛苦的呼喊：玛尔戈特，玛尔戈特！对他来说，这四个字音里回荡着世间的音乐。

她全身像是遭了重重的一击。狂热的拥抱一下子僵住了，她拼命将他一推，她的喉咙里迸出一声哽咽，一声哭泣，她的动作又变得异常激烈，不过只是为了脱出身来，好摆脱这可恨的接触。他想出其不意地将她抓住，但她与他相搏，他俯首将脸挨近她的时候，感觉到愤怒的泪水正颤颤栗栗地从她脸颊上直往下流，她那窈窕的身体像蛇一样扭动着。突然，她使劲将他往后一推，就顺势逃之夭夭。树木间她的衣服白光闪烁，随即便在黑暗中消失。

他又孤零零地站在那里，神色慌张，茫然若失，就像是第一次那温暖的娇躯和狂热的春情猛的冲出他的怀抱一样。他的眼前，星星也像眼泪汪汪似的，热血自里往外在他的额头上钻出一些细小的火星。他究竟出了什么事？他摸索着走过由一棵棵分散的树木组成的行列，进入花园深处，他知道，那里有一口水流飞溅的小喷泉。他让喷泉的水抚摸着他的手，银白色的泉水向他喃喃细语，这时月亮正慢慢从云层中露出来，在月光的反射下，清泉在奇妙地熠熠闪亮。现在他的目光清晰多了，这时突然有一阵极度的哀伤向他袭来，多么奇妙啊，仿佛是温煦的微风从树丛中把这哀伤吹落下来的。滚滚热泪从他胸中喷涌而出，此时他比哆哆嗦嗦地搂抱的时刻更加强烈、更加清晰地感到，他是多么爱玛尔戈特啊！迄今所有的一切——占有的迷醉，颤栗和痉挛，以及探秘无果的愤怒全都烟消云散，只有那忧伤而甜蜜的爱情，那几乎没有一点渴望、但却无比强烈的爱情将他完完全全拥抱在怀里。

他为什么要这般折磨她？这三夜她给予他的东西不是多得不可悉数吗？自从她教他品味了绸缪的情意和剧烈震颤的爱情以来，他的人生不是突然从暗淡的朦胧中进到危险的、熠熠闪亮的光耀中去了吗？她是带着眼泪，怀着愤怒离开他的呀！这时他心里涌起一个无法抗拒的、温存的心愿，希望同她握手言欢，希望她说句温柔、熨帖的话，这个要求有点类似于一个欲望：将她静静地拥在怀里，不求任何索取，并对她说，他是多么感激她。是的，他甚至愿意到她那儿去，并低声下气地对她说，他对她的爱是多么纯洁，他永远不再叫她的名字，永远不再逼她回答她不愿启齿的问题。

泉水银光粼粼，汩汩流去，他不由得想起她的泪水。也许她现在一个人在独守空房，他继续思忖着，或许只有这絮絮低语的黑夜，这专门谛听大家的秘密而不给任何人安慰的黑夜听从她的话，他离她是咫尺天涯，看不到她秀发上的一丝闪光，也听不到她随风飘去的芳音所剩下的只言片语，可是两颗心灵却相互偎依，紧紧相缠——这一切对他来说都是难以忍受的痛苦。渴望待在她身边，哪怕是像条狗似的躺在她的门口或者像乞丐似的站在她的窗下，这种渴望现在已经变得无法抗拒。

他怯生生地从漆黑的树林中蹑手蹑脚地走了出来，看见二楼的窗户里还亮着灯光。光线幽微，黄色的微光几乎连那棵大枫树的叶子都没有照亮。这棵枫树，它的枝桠像手一样想轻轻叩击窗户，在微风中朝前一伸，又往后一缩，简直是个在窃听的、黑黑的彪形大汉，伫立在这扇明亮的小玻璃窗前，谛听别人的隐秘。一想到玛尔戈特在这扇明亮的玻璃窗后尚未就寝，或许还在哭泣或者在想念他，这男孩就无比兴奋，以致他不得不倚在这棵大树上，免得身体摇晃，站立不住。

他像着了魔，呆呆地凝视着楼上的窗户。白色的窗帘晃来摆去，随风戏耍，一旦飘出暗处，在室内温暖的灯光映照下，就成暗金色，如果吹出窗外，染上从园形树叶之间泻漏出来并晶晶闪耀的月光，马上就变成银白色。朝里开的玻璃窗反映出光与影不平静的流动，宛如在描画一块光线明暗相间的织物。这位热昏了头的男孩正用火辣辣的眼睛呆呆地凝视着楼上，对他来说，这些天所发生的种种事情仿佛都用黑色的日耳曼古文字书写在玻璃板上了。那流动的暗影，这银色的闪光，像柔曼的烟云飘浮在铮亮的玻璃窗上。这些匆匆捕捉到的感觉激发起他的遐想，幻化成无数闪烁不定的图像。他看见了她，玛尔戈特，袅袅婷婷，俏丽动人，长发披散，噢，那头浓密的金发，她正怀着内心的躁动不安，在屋里走来走去，见她因情欲而发烧，因愤怒而抽泣。此刻，他透过巍巍高墙犹如透过玻璃一样，看到她每个最最细小的动作：双手的颤抖，跌坐在沙发椅上，默默地、绝望地凝视着星光惨淡的夜空。有一会儿玻璃窗变得亮堂了，他甚至觉得认出了她的脸庞，她正怯生生地把脸探向窗前，俯视正在沉睡的花园，搜索他的踪影。这时他被强烈的感情所控驭，既克制又急切地向楼上呼唤她的名字：玛尔戈特！……玛尔戈特！

不是有个影子像白色轻纱一样忽闪一下飞快地从玻璃窗上越过吗？他觉得是看得清清楚楚的。他凝神谛听，可是毫无动静。身后，酣睡的树木在轻声呼吸，无精打采的风儿拂过，草丛中发出轻微的、绸缎似的窸窣声，这些声音变得越来越远，越来越响，汇成一个温暖的波涛，随后渐渐轻轻地平息下来。黑夜在静静地呼吸，窗户依然默默无声，银色的镜框里嵌着一幅加深颜色的画像。难道她没有听到他的呼唤？还是她不愿再听到他的声音？窗户上颤颤悠悠的亮光弄得他心烦意乱。他心里的欲望从胸口里跳了出来，往树皮上重重摔去，由于这股激情来得凶猛，树皮似乎也哆嗦起来了。他只知道，他现在必须见她，必须听到她说话，哪怕是大声喊她的名字，喊得大家寻声跑来，喊得大家从梦中惊醒，他也毫不后悔。此刻他预感到会出点什么事，最最荒唐的事对他来说正是他热切企求的，就好像在梦里什么事都易如反掌，唾手可得一样。这时他再次抬头往楼上的窗户张望，一下发现靠窗的那棵树伸出的枝桠像路标一样。刚一闪念，他的手就已经更加使劲地把树干抓住。突然间，他脑子开了窍：树干虽然粗大，但是摸着却柔软而有韧性，他得爬上去，爬到树上再喊她，那儿离她窗户只有一步之遥，他要在挨她很近的地方同她说话，不得到她的原谅，他就不下来。他未作丝毫考虑，只见窗户微微闪亮，在引诱他，感到身边这棵树又粗又大，在支托着他。他很快地攀了几下，又往上一纵，双手攀住一根枝桠，并将身子使劲往上拽。现在他攀到了树上，几乎到了树顶茂密的树叶中，下面的枝叶大为惊愕，便一起剧烈地晃动起来。每片树叶都窸窣作响，汇成一片波浪起伏、令人胆寒的哗哗声，伸出的那根枝桠弯得更加厉害，都碰到了窗户，仿佛要给那位一无所知的姑娘发出警告似的。爬在树上的男孩现在已经看见房里白色的屋顶及其正中灯火照映出来的金光灿灿的光圈。他激动得微微发抖，他深知，一会儿他就将见到她本人了，她不是痛哭流涕就是默默抽泣，再不就是身体陷于强烈的情欲之中难以自持。他的胳膊快没力气了，但是他又振作起精神。他慢慢地从那根伸向她窗户的枝桠上往下刺溜，膝盖磨出了血，手也划破了，但是他还在继续往前爬，几乎被近处窗户里的灯光照个正着。有一大簇浓密的树叶还挡着他的视线，当住他梦寐以求的最后一眼，于是他就举起手，想去拨开这簇叶子，这时灯光正好雪亮地照在他身上，他就朝前一弯，一阵颤抖，身子一晃，失去平衡，一个旋转摔了下来。

他栽在了草地上，落地的声音轻微而低沉，犹如掉下一颗沉沉的果子。楼上有个身影从窗户里探出身来，惊惶不安地俯视窗下，但是黑暗纹丝未动，寂静无声，就像将溺水者冲入深水之中的池塘。不一会儿楼上的灯火就熄灭了，在闪忽不定的朦胧月色下，花园里那些沉默不语的黑影中，似乎有许多影影绰绰的螭魅魍魉在大显神通。

几分钟以后，从树上摔到地上的男孩从昏迷中苏醒。他的目光陌生地朝上仰望片刻之久，暗淡的天空挂着几颗模糊的星星，冷冰冰地凝视着他。随后他感到右脚非常之疼，疼得他猛一抽搐，他现在稍微一动，就痛得几乎要大声叫喊。这时他突然知道自己摔伤了。他也知道他不能在这里——玛尔戈特的窗下躺着，不能请人帮助，不能呼喊，也不能动得发出声响来。他的额头上滴着血，他摔下来的时候，准是碰在草地上的石块或者木头上了，他用手拭了一下血，以免它流到眼睛里去。接着他就把身子完全往左侧蜷缩着，试着用两只手深深地抠着泥土，慢慢往前移动。每次一碰到那条摔断的腿，或者只是震动一下，就会痛得一阵抽搐，他担心再次晕厥过去。然而他还是慢慢把身子一拖一拖地往前挪动，几乎花了半个小时才到台阶那儿，他感到两只胳膊已经麻木了。额头上的冷汗同直往下滴的鲜血混在了一起。现在还必须克服最后的严重困难：那道台阶。他忍着剧烈的疼痛，咬紧牙关，十分缓慢地往上爬去。现在他到了上面，哆哆嗦嗦地抓住了扶手，累得哼哧哼哧喘个不停。他又往上爬了几步，到了牌厅门口，听到里面说话的声音，看见亮着的灯光了。他扶着门把手，拼命站了起来，突然间像是被人摔了出去似的，他随着松开的门栽进灯火通明的大厅。

他看起来一定很吓人，他跌进来的时候，满脸是血，浑身是土，像一团粘粘糊糊的东西啪的一声立即摔倒在地。先生们霍的一下都跳了起来，乱成一团，椅子碰得砰砰直响，大家争先恐后地跑去救他，小心翼翼地把他抬到长沙发上。正巧这时他还能含含糊糊地喃喃说话。他说，他本想到花园里去，没想到从台阶上摔了下去，接着他眼前就突然落下一条条黑色披纱，来回颤动，把他缠得严严实实，动弹不得，以致于他失去知觉，不省人事。

马匹立即备好，有人骑马到最近的地方去请医生。王府里的人全都被惊动了，直闹得天翻地覆：走廊里点起了像萤火虫似的、颤颤悠悠的灯火。有人从房门里朝外小声打听伤情，仆人畏畏缩缩、睡意蒙眬地来了，七手八脚地总算把昏迷不醒的男孩抬进他楼上的卧室。

医生检查出一条腿骨折，让大家放心，并说伤者不会有危险，只不过得打上绷带长期卧床静养。大家把医生的话告诉男孩，他听了只是无力地一笑。这样对他来说并不难受，因为这样躺着倒很惬意：独自一人长期躺着，没有喧闹，没人打搅，躺在一间明亮、宽敞的房间里，要是想梦见自己心爱的姑娘，树梢就会轻轻把窗子摩挲得沙沙作响。这样安安静静地把什么事都仔细思考一遍，在梦中与心上人邂逅，不受任何琐事俗务的干扰，独自同一个个情意脉脉的幻影亲密地待在一起，只要片刻合上眼帘，幻影就会来到床边，这种感觉该是何等的甜美！看来，恋爱的时光恐怕不会比这些苍白、朦胧的梦境时刻更宁静、更美丽。

头几天还疼得非常厉害。然而他觉得这疼痛中掺进了种种独特的销魂荡魄的快乐。他觉得，他是为了玛尔戈特，为了这位心爱的人而忍受痛苦的，想到这点，这男孩就有一种极其浪漫的、几乎是过甚其词的自信心。他暗自思忖，他真该脸上来个流着鲜血的伤口，这样他就可以经常露着这个伤口，就像骑士身上染着他所爱慕的贵妇人的颜色一样。再不就干脆别醒过来，摔得缺胳膊断腿地躺在楼底下她的窗前，这倒也很绝妙。想到这里，他就又做起梦来了，梦见她第二天早晨醒来，听见自己窗户底下人声嘈杂，彼此呼喊，她便好奇地探身朝下一望，看见了他，看见他肢残体碎地躺在她的窗下，为了她而命赴黄泉。他看见，她一声呼叫，栽倒在地，他耳朵里听到了这声尖叫，接着就看见她那绝望和苦闷的神态，看见她身穿黑色丧服，阴郁而严肃地度过她整个怅然若失的一生，若是有人问起她的痛苦，她嘴唇上便闪过一丝微微的抽搐。

就这样，他整天都沉迷在梦境中，起先只是在黑暗中才做梦，后来睁着眼睛也照样做，不久他就习惯于愉快地回忆那个可爱的形象，而且乐此不疲。对他来说已经不存在太亮太吵的时候了：光线最亮他也能够看见一个影子从墙边忽闪而过，她的形象就来到他的跟前；外面再吵，在他耳朵里，她的声音也绝不会被水滴从树叶上流下来的淅沥声和沙砾在烈日暴晒下发出的噬噬声所消解。他就这样同玛尔戈特说话，一说就是几个小时，要不就是梦见同她一起去旅行，一起乘车度过美妙的时光。但是有时他从梦中醒来，现出一副惊慌失措的样子。她果真会哀悼他吗？她会永远记着他吗？

当然，她有时候也来探望这位病人。往往是，正当他在想象中同她说话，她亮丽的形象好似站在他面前的时候，正巧房门就开了，她走进了屋，真是亭亭玉立，光彩照人。不过同他梦中邂逅的那位姑娘却是判若两人。因为她并不脉脉含情，俯身亲他额头的时候也不象梦中的玛尔戈特那么激动，她只是坐在他的沙发椅里，问他身体怎么样，是不是痛，并讲一两件有趣的小事给他听。只要她在，他总感到甜甜的，心慌意乱，手足无措，连看都不敢看她，他往往合上眼皮，好更好地聆听她的声音，将她说话的声调深深吸进自己心灵中去。这音调是他自己的音乐，它还将连着几小时在他周围回响和飘荡。对于她的问题，他的回答犹犹豫豫，因为他太喜欢沉默了，沉默中他可以只听见她的呼吸，在心灵深处感受到是单独同她相处在这空间，在这宙宇空间里。每当她起身往房门走去的时候，他就不顾疼痛，费劲地撑起身子，好再次将她灵巧的身段的每根线条描画在自己心里，在她重新坠入他虚无飘缈的梦幻现实中去之前，好再次活生生地将她拥抱。

玛尔戈特几乎每天都来看他。不过吉蒂和伊丽莎白，那位小伊丽莎白，不是也每天来吗？伊丽莎白甚至总是那么惊吓地望着他，用那么温柔体贴的声音问他，是否觉得好些。他姐姐和别的夫人们不也是天天都来看他吗，她们大家难道不是同样对他极其关切吗？她们不是也待在他身边，给他讲述各种各样的故事吗？她们在他那儿待的时间甚至太长，因为她们在那里就会将他的奇思遐想吓跑，把他从清静的沉思冥想中唤醒，让他跟她们东拉西扯，谈天说地。他真希望她们大家都别来，只是玛尔戈特一个人来，只待一小时，仅仅几分钟，然后他又独自一人待着，与她梦里相会，无人打扰，不受骚扰，轻松愉快，像驾着几片柔云，完全遁入自己的内心，与令人欣慰的他的爱情偶像欢会。

因此，有时他听到有人在转门把手的时候，就闭上眼睛，假装熟睡。于是来探视的人就踮着脚尖，蹑手蹑脚地走出房去，他听见门把手犹犹豫豫地关上了，就知道，现在他又可以重新跳进他温暖的梦幻之海中去游泳，让梦幻温柔地将他带向最迷人的远方。

有一次发生了这么件事：玛尔戈特已经来看过他，只待了一会儿，然而她的头发却给他带来了花园里浓郁的芳香，盛开的茉莉所散发的醉人的香味，以及她眼睛里喷出的八月骄阳的白色的烈焰。他明白，今天不能指望她再来了。那么，这个下午将是漫长而明亮的，他将欢快地在甜蜜的梦境中度过，因为大家都骑马出去了，所以没有人会再来打搅他。这时又有人在迟疑不决地开门了，他便闭上眼睛，装出熟睡的样子。但是进来的那位并没有退出去，而是没有一点声响地关上门，以免把他吵醒，在这寂静无声的房间里，这一切他听得十分清楚。现在，进来的人小心翼翼，蹑手蹑脚，几乎脚不沾地，来到他跟前。他听到衣裙微微的窸窣声，并听到她坐在了他床边。他浑身发烫，透过紧闭的双眼，他感觉到她的目光在他脸上游移。

他的心开始惶恐不安地扑扑直跳。这是玛尔戈特吗？肯定是。他感觉到是她，可是他现在不睁开眼睛，只是凭感觉知道她在自己身边，这种刺激就更加甜蜜，更加剧烈，更加激动人心，也更加隐秘，更加撩人。她要干什么？他觉得，这几秒钟长得无穷无尽。她只是一直看着他，仔细观察他的睡眠，现在他毫无防卫能力，只好闭着眼睛由她去观察，他知道，若是他现在睁开眼睛，他的眼睛就会像一件大衣将玛尔戈特大惊失色的脸裹进他温情脉脉的眼神里。这种感觉虽不舒服，却令人陶醉，它像电流通过全身的毛孔，让人奇痒难当。但是他一动不动，只是压低由于胸口憋气而变得急躁不安、粗声喘气的呼吸，一门心思地等着，等着。

什么事情都没有发生。他只是觉得，她似乎更低地朝他俯下身子，他似乎感觉到那股清香，他熟悉的她双唇上溢出的那股湿润的紫丁香的清香离他的脸庞更近了。现在她把自己的手放在他的床上——他的血像一股热浪从他脸上流到全身——隔着被子顺着他的手臂轻轻抚摸，动作不急不躁，小心翼翼，使他有种被磁铁所吸引的感觉，她的手摸到哪里，他的血便剧烈地流向哪里。这种轻轻抚爱的感觉真是妙不可言，既令人陶醉，又使人振奋。

她的手还一直顺着他的手臂在抚摸，动作缓慢，几乎颇有韵律。这时他贪婪的眼睛一眯，从眼皮缝中往上窥视。起初眼前朦朦胧胧，一片紫红，只看到摇曳不定的灯火映出的一片云雾，接着他看见身上盖的那条有深色斑点的被子，现在察觉到这只正在抚摸的手，它仿佛来自非常遥远的地方，隐隐约约中，他看见了这只手，只是一束窄窄的白色光亮，像一片明亮的白云，飘过来，又缩回去。他将眼帘的缝隙不断张大一些。这时他清楚地辨认出了她像瓷器般洁白、鲜亮的手指，看到手指微曲，向前摩挲，接着又往回移动，虽有引逗调弄的意味，但却充满了内在的活力。手指像触角似的爬过来，又缩回去，在这瞬间，他感到这手也是某种特殊的东西，活的东西，就像一只依偎着衣服的猫，像一只缩着爪子，娇态十足，呼噜呼噜地挨近你的小白猫，倘若猫的眼睛突然开始炯炯发亮，他并不感到惊讶。果然，这白洁的手抚摸过来时，眼睛不是在熠熠闪光吗？不，那只是金属的光泽，是黄金的闪光。现在，这只手又在往前摩挲，他看清了这光泽，那是一块垂挂在手镯上微微颤动的金属牌牌，那块神秘的、露了行迹的牌牌，八角形，一便士硬币大小。这是玛尔戈特的手，正在亲热地抚摸他的胳膊。顿时他心里升起一股欲望，要把这只柔白、未戴戒指的裸手抓住，放在自己唇上来狂吻猛吮。但是这时他感觉到她的呼吸，感觉到玛尔戈特的脸挨他的脸很近，他再也忍不住继续低垂着眼帘了，他喜出望外，满面春风，睁开眼睛盯住这张挨得很近的脸庞。这一下吓得她魂飞魄散，猛不迭把脸缩回。

现在那张低俯的脸投下的影子已经消失，亮光洒向那激动的花容，他认出了伊丽莎白，玛尔戈特的妹妹，这位不同凡响的小伊丽莎白。这一发现使他全身猛然一震，犹如遭到重重的一击。是做梦吗？不是，他凝视着那张刷的一下变得绯红的脸庞，她只好怯生生地把眼睛移开：这是伊丽莎白。他一下子就意识到那个可怕的误会，他的目光急不可待地往下移动，集中在她手上，果真，手上挂着那块牌牌。

他眼前，轻纱开姇飞旋。他同当时的感觉完全一样，同那次晕倒在地时的感觉完全一样，不过他咬紧牙齿，他不愿失去知觉。往事统统压缩在一分钟内，闪电似的从他眼前飞过：玛尔戈特的惊讶和高傲，伊丽莎白的微笑，这奇怪的目光，那像缄默不语的手在将他抚摸的目光——不，这不可能发生误会。

他心里升起唯一的一线希望。他注视着那块牌牌，说不定是玛尔戈特送给她的呢？是今天，或是昨天，或是以前所送。

这时伊丽莎白已经在跟他说话了。他方才这阵超强度的回忆准是把他的面容弄得很难看，因为她惶恐不安地在问他："你身上很痛是吗，波普？"

她俩的声音何其相似啊，他想。而对于她的所问，他只是心不在焉地回答道："啊，是啊……这叫做，不……我觉得很好！"

又是一阵沉默。可是那个想法像热浪一样在不断地涌来：这块牌牌也许只不过是冯尔戈特送给她的。他知道，这不可能是真的，可是他还是非问不可。

"你这是块什么牌牌？"

"噢，这是一个美洲国家的一枚钱币，我也不知道是哪个国家的。这是罗伯特叔叔有次给我们带来的。"

"给我们?"

他屏住呼吸。现在她不得不说了。

"给玛尔戈特和我。吉蒂没有要。我不知道她为什么不要。"

他感到,他的眼睛一湿,眼泪快要涌出来了。他小心地将头别在一边,使伊丽莎白看不见他的眼泪。现在泪水一定已到眼皮底下,逼不回去了,正在慢慢、慢慢地从面颊上滚落下来。他想说点什么,但是又怕自己的声音由于啜泣得越来越厉害而变样。两人都沉默着,互相都惴惴不安地窥视着对方。后来伊丽莎白站起来,说:"我现在走了,波普。愿你早日康复。"他闭上眼睛,接着轻轻一响,带上了门。

像一群受惊的鸽子,现在他和各种思绪纷纷飞向高空。此时他才认识到这次误解所造成的严重后果,他对自己所干的蠢事感到羞愧和懊恼,但同时也感到剧烈的痛苦。他明白,他永远失去了玛尔戈特,但是他觉得,他对她的爱丝毫未变,这种爱现在也许还不是绝望的渴念,不是对于不可企及的东西所抱的那种绝望的渴念。而伊丽莎白呢——他像是在火头上,把她的形象从身边推开,因为她的倾心奉献也罢,她现在抑制着的情欲的烈焰也好,对于他来说,都远不及玛尔戈特的莞尔一笑或者她纤手曾经与他的轻轻相触。假如伊丽莎白当时让他看到了她的真容,他是会爱她的,因为在那些时刻里,他的激情还是天真无邪的,但是在经历了千万次梦境之后,现在玛尔戈特的名字已经深深地烙在他的心里，他已无法将这个名字从他的生活中抹掉。

　　他感到眼前一片昏暗，连续不断的思绪在泪水中渐渐模糊起来。他竭力想用魔法把玛尔戈特的身影变到他眼前来，就像在他因受伤卧床的那些日子里，在那些漫长的寂寞时刻里所做的那样，但是这次没有成功：伊丽莎白怀着一双深深渴望的眼睛，总是像影子一样挤进来，这么一来就全乱了套，他又得重新把事情的来龙去脉痛苦地回想一遍。每当他想起，他曾站在玛尔戈特的窗前，呼唤她的名字，他就感到汗颜无地，对于伊丽莎白这位文静的金发姑娘，他又深表同情，在那些日子里他从未对她说过一句好听的话，也从来没有正眼看过她，那时他对她的感激之情本该像火一样喷发出来的呀。

　　第二天早晨，玛尔戈特到他床边来待了一会儿。有她在旁边，他浑身打起了寒战，也不敢看她的眼睛。她在跟他说什么？他几乎没有听见，他太阳穴里嗡嗡的响声比她的声音还大。直到她离去的时候，他才又以眷恋的目光将她整个身影紧紧搂抱。

　　下午伊丽莎白来了。有时她轻轻摸摸他的手，这时她的手上就传达出一种细微的亲密柔情，她的声音很轻，有点忧郁。说话的时候她心里总有点害怕，尽谈些无关紧要的事，好像她怕谈到自己或是谈到他的时候，会把秘密泄露出来似的。他真也说不清楚，他对她抱着什么感情。对于她，他心里有时像是同情，有时又像是对她的爱所怀的感激，但是他什么也不好对她说。他几乎不敢看她，深怕欺骗她。

现在她每天都来，待的时间也长了些。仿佛从他们之间的秘密揭开的那一刻起，那种忐忑不安的感觉也无影无踪了。可是他们还从来不敢谈起那件事，谈起在昏暗的花园中的那些时刻。

有一次，伊丽莎白又坐在他的靠背椅旁。外面是灿烂的阳光，摇曳的树梢投进屋里的一抹绿色的反光，在壁上颤颤抖动。此时此刻，她的头发红得像燃烧的云彩，她的肌肤白皙而透明，她整个儿显得亮丽娇媚，轻盈飘逸。他的枕头那儿有一片阴影，从那里看到她脸露微笑，就在咫尺，但是这张脸看起来又好似远在天边，因为她脸上有阳光照着，而这阳光却照不到他。见她出落得这般仪态万千，种种往事也就忘得一干二净了。她朝他俯下身子的时候，她的眼睛似乎变得更加深沉，好似两个黑陀螺在转进里面去，就在她身子往前伸的当间，他的胳膊就势将她身子一搂，让她的头俯在自己面前，吻着她那小巧、湿润的双唇。她浑身哆嗦得很厉害，但并未反抗，只是带着一丝淡淡的哀怨用手捋着他的头发。接着，她以极其微弱的声音说："你可是只爱玛尔戈特呀！"声音里含着柔情脉脉的哀伤。他感到这无私奉献的声调，这毫不反抗的淡漠的绝望一直铭记在他的心头，而使他深受震撼的名字则一直烙刻在他的灵魂里。可是此刻他却不敢撒谎。他沉默着。

她再次轻轻地、几乎是姐妹般地吻他的嘴唇，随即便一声不吭地走出房间。

这是他们谈起这件事的唯一一次。几天以后，她们把这位康复的男孩领到楼下的花园里，最早掉落的黄叶已经在花园的路上互相追逐，早来的黄昏已经让人想起秋天的哀愁。又过了几天，他独自一人费劲地在枝桠交错、色彩艳丽的树丛之下漫步，也是今年最后一次到花园里来散步。阵阵秋风刮得树木在那里絮絮叨叨，声音比那三个温暖的夏夜里的声音更大，更不乐意。男孩忧伤地向那个地方走去。他觉得，这里似乎立起了一堵看不见的黑墙，墙的后面在朦胧中已经模糊不清，那儿是他的童年，他的前面则是另一片土地，既陌生又危险的土地。

　　晚上他去辞行，再次细细谛视了玛尔戈特的脸庞，仿佛他要将这张脸终身饮吮似的，他忐忑不安地把手伸给伊丽莎白，她的手热情而急切地握住他的手，他的眼光从吉蒂，从朋友们，从他姐姐脸上几乎只是一晃而过。他知道，他爱上一位姑娘，而另一位姑娘却爱慕着他。现在他的心灵里就满满地装着这种感觉。他的脸色非常苍白，他脸上的那种苦涩的特征使他看上去不再像个孩子。他第一次看起来像男子汉了。

　　可是，马拉着车子一启动，他就看见玛尔戈特淡漠地转身往台阶上走去，而伊丽莎白的眼睛里则突然闪过一道湿润的光亮，她紧紧地抓住台阶的扶手，这时新近的种种经历，一齐涌上心头，他像孩子一样放声大哭，哭得泪如雨下。

　　离王府越来越远了，马车一路扬起高高的尘土，透过滚滚黄尘，那昏暗的花园变得越来越小，原野的景色时时跃入他的眼帘，最后，他经历的一切都消失在他的视线之外，剩下的只有那些你争我夺、争先恐后的回忆。马车经过两小时的路程将他带到附近的火车站。第二天早晨他就到了伦敦。

又过了几年。现在他已不是孩子了，可是那个初次经历铭刻在他心里的印象太强烈，任何时候都不会消退。玛尔戈特和伊丽莎白两人都已结婚，但是他不愿再见到她们，因为有时回想起那些时刻就有排山倒海的力量向他袭来，使得他觉得，他后来全部的生活同这段回忆的现实相比，好似仅仅成了梦幻和假象。他变成了与女人的爱情再也无缘的那种人，因为他在自己生活的一个瞬间把爱和被爱这两种感觉如此天衣无缝地合二为一，所以任何欲望都不会再促使他去寻找那么早就落入他那哆哆嗦嗦、惊惶不安和任凭摆布的孩子之手的东西了。他到过许多国家，是一个无可指摘、文质彬彬的英国人，许多人认为这种人毫无感情，因为他们如此沉默寡言，他们的目光对于女人的脸庞和她们的微笑总是视而不见，显得十分冷淡和无动于衷。谁能想到，他们内心都深藏着那些时刻吸住他们目光的形象，这些形象融进了他们的血液，他们的血液永远围着她们熊熊燃烧，像圣母玛利亚像前的一盏长明灯一样。现在我也知道了，我是怎么想起这个故事来的。我今天下午看的那本书里也夹着一张明信片，这是一位朋友从加拿大寄给我的。那是有次我在旅途中认识的一位年轻的英国人，在漫漫长夜我常常同他一起聊天，他的话里对两个女人的回忆有时会神秘莫测地突然闪亮，犹如远方的立像，在一瞬间她们就永远同他们的青春联系在一起了。我同他的聊天已经是很久很久以前的事了，当时的谈话我大概也已经忘记。但是今天当我收到这张明信片的时候，这个回忆又从我心里升起，并且同我自己的种种经历梦幻般地融合在一起，我觉得，这个故事我仿佛是在从我手里滑落的那本书里看到的，要不就是在梦里发现的。——

　　但是现在屋里变得多么黝暗，在这深沉朦胧的夜里你离我多么遥远呀！我猜想你的面容就在那里，但我只看到一片柔和、明亮的闪光，我不知道，你在微笑，还是在悲伤。我为那些只有点头之交的人编造了一些奇异的故事，梦想出各种不同的命运，然后再让他们重新安然回到他们的生活和他们的世界里去，你是为此而笑？这男孩与爱情失之交臂，他由于一时的沉迷便永远离开这座带着这个甜蜜的梦的花园，或者你是因为这个男孩而悲伤？看，我并不希望这个故事染上忧郁而低沉的情调，我只想给你讲一个突然之间受到爱情袭击的男孩的故事——他自己的爱和另一位姑娘对他的爱。但是，人们晚上讲的故事都是会走这条淡淡的忧郁之路的。朦胧的夜色降临在这些故事之上，给它们披上轻纱，栖息于晚间的种种悲伤汇成一个没有星星的穹窿，笼罩着这些故事，让黑暗渗进故事的血液，于是故事所具有的那些明快光亮、色彩斑斓的话语就带上了一种浑厚而沉重的音调，仿佛这些故事都来自于我们自己亲身经历过的生活似的。

家庭女教师

此刻，只有这两个孩子在自己房间里。灯已经关了，她们之间是一片黑暗，只有两张床隐隐约约地有些发白。她们两人的呼吸非常轻微，别人还真以为她们已经睡着了呢。

　　"嗨!"一个孩子发声道。这是那个十二岁的女孩。她怯生生地在黑暗中轻声唤另一个。

　　"什么事?"另一张床上的姐姐答道。她也只不过比妹妹大一岁。

　　"你还醒着哪，这太好了。我……想跟你说点事……"

　　另外一个没有反应。只听到床上窸窸窣窣的声音。姐姐坐了起来，望着这边床上，期待着妹妹要说什么事，可以看到她的眼睛亮晶晶地闪着。

　　"你知道吗……我想跟你说……不过还是你先告诉我，你不觉得最近几天我们的小姐跟往常有点不一样吗?"

姐姐犹豫起来,陷入沉思。"对,"她说,"不过我不知道到底是怎么回事。她不像以前那么严厉了。最近我有两天没做作业,她也没说什么。另外,她有点那样,我不知道怎么说。我觉得,她好像不管我们了。她总是在一边坐着,也不像以前那样跟我们玩了。"

"我觉得,她很伤心,又不想让人知道。现在她钢琴也不弹了。"

又是一阵沉默。

接着,姐姐提醒妹妹说:"你刚才想告诉我什么事?"

"是的,不过你对谁也不能说,真的,不能对任何人说,不能对妈妈说,也不能对你的好朋友说。"

"不说,我不说!"姐姐已经有些不耐烦了,"到底是什么事呀?"

"好吧……,就是刚才,我们回来睡觉的时候,我突然想到我还没有向小姐道'晚安'呢。这时我已脱鞋了,可我还是到那边她的房间去了。你知道吗,我是轻轻地、蹑手蹑脚地过去的,想吓唬她一下。我小心翼翼地打开房门,开始我还以为她不在房间里呢,灯开着,可是没有看见她。突然——我吓了一大跳——我听见有人在哭。这下我发现,她躺在床上,没脱衣服,脑袋埋在枕头里。她哭得全身抽搐,吓得我恨不得缩成一团。可是她没有发现我。于是我又把门轻轻关上。我哆嗦得太厉害了,得在外面站一会儿,定定神。在门外我还清楚地听见她的哭声，我就赶紧跑了回来。"

她们两人又不吱声了。随后，其中一个非常小声地说："可怜的小姐！"这颤抖的声音在屋里回旋，像一个正在消逝的低沉的音符。又是一片寂静。

"我真想知道，她为什么要哭？"妹妹开口说，"这些天她又没跟别人吵架，妈妈也没再没完没了地数落她，而我们两个肯定没有惹她生气。那她干嘛哭得这么伤心呢？"

"我倒是有点儿明白"，姐姐说。

"那是为什么，告诉我，是为什么？"

姐姐犹豫了一下，最后说："我想，她在恋爱了。"

"恋爱？"妹妹惊讶得跳了起来。"恋爱？爱上谁了？"

"难道你一点都没发现？"

"该不会是奥拓吧？"

"不会？难道他没爱上她吗？从他上大学以来，在咱们家已经住了三年了，以前从来没陪过我们，而这几个月他突然天天来，那是为什么？小姐来我们家之前，他不论对我还是对你有过一点儿亲切的表示吗？可是现在，他整天围着你我转。我们老是与他巧遇，在人民公园，或者在城市公园，或者在普拉特，凡是小姐带我们去的地方，总是会与他巧遇。你真的从来没有觉得这有点奇怪吗？"

妹妹听了大吃一惊，结结巴巴地说："对……对，这些我当然也注意到了。不过我总是想，这……"

她的声音变调了，没有再往下说。

"起先我也是这么想的。我们女孩子总是那么傻。不过我总算还是及时觉察到，他不过是拿我们做挡箭牌而已。"

　　现在两人都沉默了。这次对话似乎已经结束。两人都陷入沉思，或者也许已经进入梦乡了。

　　这时，妹妹又在黑暗中无可奈何地说了句："那她为什么还要哭呢？他是喜欢她的呀。过去我一直以为，恋爱肯定是非常美好的。"

　　"我不知道，"姐姐十分茫然地说，"我原先也是这么想的，恋爱准是一件非常美好的事。"

　　然后，从疲倦困乏的嘴里又一次轻轻地、遗憾地飘出一句："可怜的小姐！"

　　屋里终于寂静无声了。

　　第二天早上，她们不再谈论这件事了，但是两人都相互感觉得到，她们的思想都是围着同一件事情在转。她们两人互不搭理，都想回避对方。但是，当她们两人从侧面打量她们的女教师的时候，两人的目光又不由自主地相遇了。在饭桌上，她们观察奥拓，觉得这位在她们家住了多年的表哥，竟像是陌生人似的。她们并不和他说话，不过，在低垂的眼帘下，她们老是斜着眼睛，留神他是不是对小姐有所暗示。两个女孩的心都难以平静。今天她们也不去玩了，精神非常紧张，为了想对这个秘密探出个究竟，都心不在焉地摆弄着一些东西。晚上，她们中的一个只是淡淡地问了句，好似她自己并没把这事放在心上："你又发现什么了吗？"——"没有"，另一个回了一句，接着便转过身去。她们两人都有点怕谈这件事似的。这样持续了几天。在默默的观察中，在拐弯抹角的侦探中，两个孩子不安地感觉到，在不知不觉中她们已接近了那个闪烁不定的秘密。

几天之后，一个孩子终于在饭桌上发现，女教师悄悄向奥拓挤了挤眼，而他则点了下头作为回应。女孩激动得发抖了。她的手在桌子底下悄悄摸了下姐姐的手。当姐姐转脸看她时，她冲着姐姐亮了一下眼睛。姐姐马上明白了这个暗示，也立即变得不安起来。

她们正要从饭桌边站起身来，女教师便对姑娘们说："到你们自己的屋子去吧，去玩一会儿。我有点头疼，想休息半小时。"

两个孩子垂着眼睛，小心翼翼地相互碰了下手，好似在相互提醒。女教师刚走开，妹妹就蹦到姐姐跟前说："注意，这会儿奥拓要到她房里去了。"

"当然，所以她才将我们支开的！"

"我们应当到她门口去偷听！"

"那要是有人来呢？"

"谁会来呀？"

"妈妈呗。"

妹妹吓了一跳，"对呀，那……"

"你知道吗，我有办法了！我呢，在门口偷听，你留在外面走廊上，要是有人来，就给我一个信号。这样，我就保险了。"

妹妹一脸的不高兴。"到时候你什么都不会告诉我！"

"一定全都告诉你！"

"真的，全都告诉我？……可别忘了，是全部呀！"

"肯定，人格担保。你听见有人来，就咳一声。"

两人在走廊上等着。哆哆嗦嗦地，心情十分激动，心跳也加速了。会发生什么事呢？两个孩子紧紧地挨在一起。

听见脚步声了，姐妹俩就马上闪开，躲进暗处。一点不错，果然是奥拓。他抓住门把，进屋后就把房门关上了。这时姐姐一个箭步跟了上去，耳朵紧贴门上，屏住呼吸，窃听屋里的动静。妹妹望着她，好眼馋。好奇心使她惴惴不安，她擅自离开了指定的岗位，悄悄溜了过来，可是被姐姐生气地赶了回去。她只好又在外面等着。两分钟，三分钟，她觉得简直像是一个世纪。她难以按捺住焦躁情绪，像是热锅上的蚂蚁来回转动。姐姐什么都能听到，而她却什么都不知道。她又气又急，都快要哭了。这时，那边第三个房间里有扇门关上了。她咳了一声，两人赶忙走开，进了自己的房间，气喘吁吁地站了一会儿，心跳得很厉害。

接着，迫不及待的妹妹催促说："好啦……快告诉我吧！"

姐姐脸上现出严肃的神情，最后终于十分不解地、像是自言自语地说："我真不明白这是怎么回事！"

"什么事？"

"这事真奇怪。"

"什么……是什么呀?"妹妹急匆匆地吐出这几个字。这时,姐姐试着回忆所听到的东西,妹妹过来挨着她,紧挨着她,生怕听漏一个字。

"这事非常奇怪……和我想象的完全不一样。我猜,他进房后一定是想拥抱她或者吻她,因为她对他说:'别这样,我有很要紧的事和你谈。'钥匙插在里面的匙孔里,我什么也看不见,不过倒可以听得十分清楚。奥拓接着说:'出什么事啦?'真的,我从来没有听见过他这么说话,你知道,他平时说话声音总是很大,一副蛮大大咧咧的样子。这回他可是有些低声下气,所以我马上就觉得,他好像有些害怕。她肯定也察觉到了,他在撒谎,因为接着小姐就很小声地说了句:'这事你早就知道了。'——'不,我什么都不知道。'——'真的吗?'小姐问道——她是这么伤心,伤心极了——'那你为什么突然回避我?这八天来你没跟我说过一句话,你尽可能地躲着我,你也不跟孩子们一起走了,也不去公园了。对于你,难道我一下子变得这么陌生了吗?噢,你早就知道,因此才突然离我远远的。'他沉默了一会,然后说:'我快要考试了,功课很忙,没时间再做别的,不这样不行。'这时候她又开始哭泣了,然后边哭边对他说,不过语气非常温和,并且怀着善意:'奥拓,你干吗要撒谎呢?你还是说实话吧,你实在不该对我撒谎呀!我对你并没有提出任何要求,不过关于这件事,我们两人总应当说清楚吧,你知道我要对你说什么的,从你的眼睛里我已经看出来了。'——'说……什么呀?'他结结巴巴地说，语气非常软弱。这时她就说……"

由于过分激动，姑娘一下子浑身战栗，再也说不下去了。妹妹更紧地挨着她。"什么呀……她又说什么了?"

"小姐说:'我已经有了你的孩子!'"

妹妹像闪电似的，一下跳了起来，说:"孩子! 孩子! 这不可能呀!"

"可是小姐是这么说的。"

"你肯定没有听清楚。"

"没错，绝对没错! 奥拓还把这句话重复了一遍，和你一样，他也跳了起来，还喊着:'孩子!'小姐沉默了好长时间之后，问道:'现在该怎么办?'后来……"

"后来怎么样?"

"后来你就咳了一声，我只好走开了。"

妹妹非常不安，两眼直愣愣地说:"孩子! 这是不可能的。她的这个孩子在哪儿呢?"

"我也不知道。这也正是我不明白的问题。"

"也许在家里……在来我们这里之前。为了我们，妈妈当然不会允许她把孩子带来的。所以她才这么伤心。"

"得了吧，那时候她丕根本不认识奥拓呢!"

两人又沉默了，一筹莫展，苦苦地左思右想，希望能弄明白。为此，两人都很苦恼。妹妹终于又说话了:"有个孩子，这完全不可能! 她怎么会有孩子呢? 她还没有结婚，只有结过婚的人才会有孩子，这点我是知道的。"

"也许小姐是结过婚的。"

"你别傻帽儿了，好不好，总不会是和奥拓吧。"

"为什么……?"

姐妹俩面面相觑，不知所措。

"我们可怜的小姐"，其中一个悲伤地说。她们两人不断地重复着这句话，最后变成了一声同情的叹息。这期间，她们两人的好奇心像火苗似的，在不断蹿升。

"不知道是女孩还是男孩?"

"谁知道呢!"

"你觉得怎么样……要是我去问问她……非常非常的……小心……"

"你疯了!"

"为什么? 她跟我们很好呀。"

"你想到哪儿去了! 这种事她是不会对我们说的。在我们面前她什么都不会说。要是我们进了她屋里，他们总是立即中止谈话，在我们面前换个话题，胡扯一通，好像我们还是小孩似的，我今年都十三岁了。你没必要去问她，对我们她总是撒谎。"

"可是，我实在很想知道这事。"

"你以为我不想知道吗?"

"你知道吗，其实我最不理解的是，奥拓竟然不知道这件事。要是自己有个孩子，自己总是应该知道的吧，就像人人都知道自己有父母一样。"

"他是装的，这个流氓，他老是装蒜。"

"不过这事他总不会装吧。就是……就是……只是他想要弄我们的时侯才装模作样……"

正在这时候，女教师进来了。两姐妹立即打住，装出在做作业的样子。但是，她们两人都从旁边窥察她。她的眼睛好像哭红了，声音也比平时低沉，而且有些颤抖。两个孩子非常安静。突然她俩以十分敬畏的目光怯生生地抬头看着女教师。她们心里老在想着这件事：她有个孩子，因此才如此悲伤。想着想着，她们自己也伤感起来了。

第二天在饭桌上，她们十分意外地听到一个消息：奥拓要离开她们家了。他对舅父解释说，考试临近了，他该加紧复习功课，在这里干扰太多，他想到外面租一间房子，住一两个月，考完以后再回来。

两姐妹听到这么一番话，内心万分激动。她们料想，这一切与昨天她们听到的那番谈话之间肯定有着某种秘密的联系，凭自己敏锐的本能，她们感觉到，这是他胆怯的表现，是逃避行为。当奥拓向她们两人告别的时候，她们竟很没有礼貌地转过身去。可是，她们两人十分注意观察他站在女教师面前的神情。小姐的嘴唇抽搐了一下，但却安详地一语不发，把手伸给他。

这几天两个孩子完全变了。她们不玩，也不笑，眼睛里也失去了往日那种活泼欢快、无忧无虑的光彩。她们的内心十分不安，无所适从，对周围所有的人她们都抱着极其不信任的态度。她们不再相信别人对她们说的话，在每句话后面她们都能洞察到谎言和阴谋。她们成天睁大眼睛，察言观色，注意周围的一举一动，捕捉人们的表情、脸上的抽搐、说话的语调。她们像影子似的猫在人家后面，她们在门外窃听，总想抓住点什么。她们竭力想从肩上摆脱这些秘密织成的黑暗罗网，或者至少可以从一个网眼里往这个现实世界瞥上一眼。过去的那种幼稚的信念，那种快快乐乐、无忧无虑的盲目轻信，从此已从她们身上掉落。随后，她们从被这些秘密压得又闷又憋的气氛中预感到山雨欲来的征兆，她们生怕错过这一瞬间。自从她们知道，周围充满谎言，自己也就变得坚韧，工于心计，甚至变得狡诈和善于说谎了。在父母面前，她们装得稚气天真，转眼就变得极其机智灵活。她们全部天性都化作了神经质的骚动不安，过去温顺柔和的眼睛现在变得火辣辣的，深沉莫测。她们一直在不停地侦察和窥视，但孤立无援，因此她们相互之间便更加相亲相爱。有时候，由于对感情的无知，仅仅为了满足烈火灼燃时对柔情蜜意的渴望，突然间她们会相互狂热地拥抱或者泪流满面。她们的生活中看似无缘无故的突然之间充满危机。

现在她们才知道有种种折磨人的事，对其中的一件她们感受最深。她们默默地、不言不语地打定主意，一定要让这位伤心至极的女教师快活一点。她们极为用功，认真做作业，互相帮助，安安静静，不发怨言，对老师可能提出的愿望和要求都事先做到。可是小姐对此毫无察觉，这使她们非常难过。在最近这段时间里，小姐完全变了。有时候两姐妹中的一个和她说话，她竟会一阵颤栗，仿佛是从梦里惊醒的。她的目光总要先搜索一会儿才从远处收回来。她一坐就是几小时，似梦似幻地凝视着前方出神。姑娘们走路蹑手蹑脚，以免惊扰她。她们朦胧而神秘地感觉到，她此刻正在思念她那不知远在何方的孩子呢！她们内心深处日益萌发的女性的柔情，使她们越发喜欢这位现在变得如此温和，如此柔情的小姐了。她往日那种轻快、自信的脚步现在变得犹豫、谨慎了，她的动作也小心翼翼，拘谨稳重。从这一切变化中，她们感到她有一种隐蔽的悲伤。她们从未见她哭过，但是她的眼睑老是红红的。她们知道，小姐不愿意在她们面前流露自己的痛苦，因此她们也无法帮助她，这时她们两人感到一筹莫展。

有一次，当小姐将脸转向窗外，拿起手绢擦眼睛的时候，妹妹突然鼓起勇气，抓住她的手说："小姐，最近这些时候您总是那么伤心，该不会是我们惹您生气了吧，是吗？"

小姐感动地看着她，用手抚摸她柔软的头发。"不，孩子，不是，"她说，"绝对不是你们。"说着，她温柔地吻了一下孩子的额头。

两个孩子的静观和洞察细致入微，凡在她们视线范围内发生的事情，一无遗漏。就在这几天，她们中的一个有次突然闯进屋去，听见一句话。仅仅只有一句，因为父母立即就缄口不语了，但是现在每一个字都会在两姐妹心里引起千百个猜测。"我也已经发现有些反常，"妈妈说，"我要找她来问问。"起先，这孩子以为是说她自己呢，几乎有点担心害怕，就赶忙跑去找姐姐商量对策，请求援助。可是，中午的时候她们发现，父母一直以审视的目光盯着小姐那张恍惚迷离、神不守舍的脸，然后又相互交换了眼色。

吃完饭，母亲随口对小姐说："请您一会儿到我房里来一下，我有话和您说。"小姐娓娓点了一下头。姑娘们吓得直打颤，她们觉得，这会儿要出事了。

小姐一进房去，两个姑娘随即跟了过去。把耳朵贴在门上，察看各个角落，偷听和窥视，这些行为，对她们来说现在已经成为理所当然的事了。她们根本不再觉得这样做有什么不光彩，有什么放肆，她们只有一个想法：要掌握别人不让她们见到的一切秘密。于是她们便肆意偷听。但是，她们只能听到窃窃细语的声音，而她们自己却神经质地浑身发抖，她们生怕什么都听不见了。

这会儿屋里有一个声音变得越来越大，这是她们母亲的声音，听起来恶狠狠的，像吵架一样。

"您以为大家都是瞎子，都没有觉察到这样的事吗？我可以想象，以您这样的思想和品德，您是怎样来完成您的职责的。我竟相信了这样一个人，将孩子委托于她。天知道，您是怎样耽误我的女儿的……"

小姐好像回辩了几句，但是她说得太轻，孩子们什么也听不见。

"借口，借口！任何一个轻浮女人总是能找到借口的。碰上一个男人就委身，什么都不加考虑。其余的事就等老天爷来帮忙。这样的人还想当教师，来教育人家的姑娘，这简直是恬不知耻。您总不会以为，在这种情况下我还会将您继续留在家里吧?"

孩子们在门外偷听，身上一阵阵打着寒噤。她们什么也没听懂，但是听到她们母亲怒气冲冲的声音，她们感到很害怕。此刻，小姐剧烈的低声抽泣就是唯一的回答。泪水涌出了孩子们的眼眶，而她们的母亲似乎火气越来越大。

"现在您是只知道哭了，不过我是不会因此而心软的。对像您这样一号人，我绝不同情。您现在怎么办与我毫无关系。您自己肯定知道，您该去找谁。对此我也不屑一问。我只知道，这么一个卑劣的毫无责任心的人在我家就是多待一天，我也不能容忍。"

"妈妈这样和她说话太卑鄙了。"姐姐咬牙切齿地说。

妹妹让这句大胆的批评吓了一跳:"可是，我们一点也不知道，小姐到底干了些什么事。"她结结巴巴地抱怨说。

"肯定没干什么坏事。小姐不会做坏事的。妈妈不了解她。"

"是啊，看她哭成这样，真让我害怕。"

"是的，这真可怕。不过，你看妈妈对她吼成那样，真是卑鄙，我告诉你，这很卑鄙。"

她跺着脚，眼里充满泪水。这时，小姐进屋来了，她显得十分疲惫。

"孩子们，今天下午我有点事，你们两人自己待着，我可以信得过你们吧？晚上我再来看你们。"

她一点没有觉察到孩子们激动的神情，她走了。

"你看见了吗，她眼睛都哭肿了。我真不明白，妈妈怎么能这样对待她。"

"可怜的小姐！"

这句充满同情、令人落泪的话又在屋里回旋。两个孩子愣愣地站在屋里。这时，妈妈进屋来了，问她们是不是愿意同她一起坐车出去转转。孩子们搪塞着，她们怕妈妈。可是，同时她们又非常生气，要辞退小姐的事妈妈对她们竟然只字不提。她们宁愿单独留在家里。她们像两只燕子，在这个窄小的笼子里飞来飞去，谎言和沉默的气氛真会让她们窒息。她们反复思考着，是否应当到小姐房里去，问问她，和她谈谈这件事，告诉她，妈妈冤枉她了，劝她留下来。可是，她们怕小姐又会因此而难受。何况，她们自己也感到害羞，因为她们所知道的这一切，都是悄悄躲在一边偷听来的。她们必须装傻，装得和两三个星期之前一样傻。所以，她们就只能自个儿待在房里，度过整个长得没有边际的下午，含着眼泪思索着，耳边始终回荡着那些可怕的声音：母亲那么凶狠、残忍、气鼓鼓的申斥和女教师悲痛欲绝的哭泣……。

晚上，小姐匆匆地到她们房里来，向她们道了晚安。孩子们看见她走出去时难过得直哆嗦，她们多么想再同她说点什么啊！可是现在小姐已经走到门口，没想到她又突然转过身来

——好像是被孩子们无声的愿望拉回来的——她眼里闪着泪水，湿润而忧郁。她抱住两个孩子，孩子们猛烈地抽泣起来，她再一次吻了她们，便匆匆走了出去。孩子们站在那儿，泪如雨下。她们感到，这是诀别。

"我们再也看不到她了！"一个哭着说。

"瞧着吧，明天我们放学回来她就不在这儿了。"

"也许我们以后能去看看她，那时候，她一定也会让我们看她的孩子的。"

"肯定，她多好啊！"

"可怜的小姐！"这一次是她们对自身命运的叹息。

"你能想象吗，没有她会怎样呢？"

"我绝不会再喜欢别的小姐的。"

"我也是。"

"谁也不会对我们这么好，而且……"

她不敢再说下去了。自从她们知道她有一个孩子之后，一种下意识的女性柔情使她们对女教师格外敬重。她们两人总是想着这件事，但现在已经不再是出于孩子气的好奇心，而是出于深切的感动和同情。

"咳，你听着！"一个孩子说。

"什么事？"

"你知道吗，我非常想在小姐走之前再让她高兴一下，这样也好让她知道，我们是非常喜欢她的，我们不像妈妈。你愿意吗？"

"那还用问！"

"我想了一下，她不是非常喜欢白玫瑰吗，所以我想，你猜怎么，明天早上我们上学之前就去买几枝来，稍后再放到她屋里去。"

"那什么时候放呢？"

"吃午饭的时候。"

"中午吧。"

"那时候她肯定已经走了。这样吧，我宁愿一早就出去，很快把花买回来，不让别人知道，然后就送到她房间里去。"

"好，我们明天早早起床。"

她们取来存钱罐，将所有的钱都倒了出来，一分不留。此时此刻，她们想到自己还有机会向小姐表示默默的、无私的爱意，她们心里就倍感欣慰。

第二天，她们起得很早。当她们用微微颤抖的手拿着盛开的美丽的玫瑰去敲小姐的房门时，屋里无人答应。她们以为小姐还睡着呢，便轻手轻脚地溜进屋去。可是屋里空无一人，床上的被子叠得整整齐齐，显然无人睡过，屋里的东西十分凌乱。在深色桌布上放了几封信。

两个孩子大为吃惊。出什么事了？

"我去找妈妈，"姐姐果断地说。她倔犟地站在母亲面前，目光阴沉、毫无畏惧地责问道："我们的小姐在哪里？"

"她该在她自己的房间里吧！"母亲十分诧异地说。

"她的房间是空的，床没有睡过，昨天晚上她肯定就走了。

为什么谁都不告诉我们？"

母亲根本没有注意到孩子说话时的那种凶狠的、挑战的口气。她吓得脸色煞白，立即到父亲的房里。父亲迅速跑进小姐的房间。

他一个人在屋里待了很久。来报信的这个孩子一直用愤懑的目光盯着母亲。母亲看起来很激动，但她的眼睛却不敢与孩子的目光相对。父亲从小姐的房里出来了，脸色灰白，手中拿着一封信。他和母亲回到自己房里，并且用极小的声音在与母亲说话。孩子们站在门外，突然，她们不敢偷听了。她们怕父亲发怒。他现在的这副样子，是她们从来没有见过的。

此刻母亲从房里出来了，眼睛哭得红红的，显得六神无主的样子。孩子们好像是受了恐惧的驱使，下意识地向她走去，还想问个明白。可是母亲很严厉地说："快上学去吧，已经不早了。"

这时，孩子们不得不走了。在学校里坐了四五个小时，像做梦似的夹在其他孩子中间，什么也没有听进去。一放学，她们就拼命往家跑。

家中一切照旧，只是大家似乎心里都有个可怕的念头。没有一个人说话，不过所有的人，甚至连佣人都怀着一种奇特的目光。母亲向孩子们迎过来，看来，她准备跟她们说点什么。她开口说："孩子们，你们的这位女教师不再回来了，她……"

她毕竟没敢把话说完。两个孩子的目光如此闪亮，如此咄咄逼人，如此可怕，直逼她们母亲的眼睛，以致她竟不敢再向她们撒谎了。她转身就走，急急忙忙逃回自己的房间。

下午，奥拓突然出现了。他是被人叫来的，因为有一封信是给他的。他的脸色十分苍白，神不守舍地在屋里时走时站，谁都不肯跟他说话，大家都在回避他。这时，他看见两姐妹蹲在墙角，便走过去，想跟她们打招呼。

"别碰我！"一个姑娘说，并对他感到万分厌恶。另一位则冲他啐了一口唾沫。他狼狈不堪，不知所措，又在屋里转了一会儿便走了。

没有人跟孩子说话，她们相互间也不交谈。她们像是笼中的动物，苍白，不安，一筹莫展。她们在各个房间里走来走去，两人常碰到一起，相互看着对方哭肿的眼睛，相对无语。现在她们什么都知道了。她们知道，别人都在欺骗她们，谁都可能卑鄙无耻，谎话连篇。她们也不再爱自己的父母了，她们不再相信他们。她们明白，以后对谁都不能信任，可怕的生活的全部重担今后都将落在她们自己瘦弱的肩上。她们仿佛从舒适欢乐的童年一下掉进了深渊。她们至今都不能理解发生在她们身边的这件可怕的事，但她们的思想恰恰就卡在这当口上，几乎让她们窒息而死。她们的面颊烧得通红，她们的目光充满凶狠和愤怒。她们走来走去，在寂寞中她们的心冷得像结了冰似的。谁也不敢跟她们说话，甚至连她们的父母也不例外，她们看人的样子非常可怕。她们不停地走来走去，这正是她们内心焦躁和骚动的反映。她们彼此不说话，两人心里却有和衷共济、休戚与共的感觉。沉默，这穿不破、猜不透的沉默，以及这没有呐喊和眼泪的痛楚是如此深沉，以致她们对每个人都感到陌生和危险。无人亲近她们，通向她们心灵的道路已经中断，也许好多年都不会通畅。她们周围的人都觉得她们是敌人，是坚定的、绝不原谅别人的敌人。因为从那天起，她们已经不再是孩子了。

就在这天下午，她们长大了好几岁。只是到了晚上，当她们单独待在黑暗的房间里时，才会再度产生儿童的恐惧：对孤独的恐惧，对死者画像的恐惧，以及对许多说不清的事物充满预感的恐惧。全家人一片慌张和忙乱，竟然没人想起给她们的房间生火。她们两人冷得爬到一张床上，用瘦弱的胳膊互相紧紧抱住，两个修长的尚未发育成熟的身体依偎在一起，好似在恐惧中寻找救援。可是，她们依然都不敢开口，但是妹妹此刻终于哭了，姐姐立即跟着猛烈地抽泣起来。她们紧紧地抱在一起哭，两人脸上热泪滚滚，从缓缓滴落到畅快直流。她们胸贴着胸，紧紧搂在一起，一声高一声低，彼此应和着对方的悲泣。她们两人有着相同的痛苦，成了同一个在黑暗中哭泣的身体。她们现在已经不再是为那个不幸的女教师而哭泣，也不是为她们即将失去父母而哭泣，而是因为一种剧烈的恐惧感震撼了她们，尤其是因为对这个陌生世界可能发生的一切感到恐惧，对于这个世界今天她们才向它投去可怕的一瞥。她们对自己正在进入的生活感到恐惧。这生活就像一片幽暗的树林，轰然耸立在她们面前，阴森可怕，望而生畏，可是她们又必须去穿越。渐渐的，她们两人混乱的恐惧变得越来越朦胧，像梦幻一样；她们的哭泣声也越来越微弱；她们两人的呼吸也缓缓地汇成一气，如同方才的眼泪一样。就这样，她们终于进入了梦乡。

夏天的故事

去年夏天的八月，我是在卡德纳比亚度过的，那是科莫湖畔的一个小地方，白色的别墅和黝暗的森林相互掩映，景色宜人，在热闹的春日，贝拉焦和梅纳焦的旅行者熙熙攘攘挤满了狭窄的湖滨，而卡德纳比亚这座小镇仍旧宁静和安谧。在这几个星期里，它沉浸在芳香弥漫、风和日丽之中。这家旅馆几乎是孤零零的，稀稀拉拉的几个客人，每个人都对别人居然也选择这么个偏僻地方来消夏感到有点奇怪，而每天早晨竟发现别人还没有走，大家都对此惊讶不已。最使我感到惊奇的是一位高雅的、修养有素的年岁较大的先生。从外表看，他是介于得体的英国政治家和巴黎的好色之徒之间的一种类型，他并不从事任何水上运动来打发时间，而是整天若有所思地凝视着香烟的烟雾在空中飘散，或者间或翻一翻书。下了两天雨，寂寞难当，外加上他又随和热情，所以我们一认识马上就很亲密，年龄上的差别也就不成其为障碍了。论籍贯，他是利服尼亚人，先在法国，后来又在英国受的教育，从未有过职业，这些年来一直没有固定的住地，是高雅意义上的无家可归的人，像威金人①和掠夺美女的海盗，积攒了世界各地的许多奇珍异宝。他对各种艺术都一鳞半爪地懂得一点，他对献身于艺术的鄙视远远超过了对艺术的爱好，他以千百个美好的小时欣赏艺术，却没有下过一个小时的苦功来搞搞创作。他过的生活显得闲散，因为不受任何集体的约束，生活中由千百种宝贵的经历所积聚起来的财富，等到咽下最后的一口气，也就会烟消云散，无影无踪了。

　　一天黄昏，晚餐之后我们坐在旅馆门前，望着明亮的科莫湖在我们眼前渐渐变得朦胧起来了，这时我向他谈起了前面这些想法。他笑着说："也许您并非没有道理，虽然我不相信回忆：经历过的事情，在它离开我们的瞬间就结束了。再说诗，二十、五十、一百年之后不同样也烟消云散了吗？但是今天我要告诉您一件事，我相信这是一篇很好的小说素材。您来！这事最好是边走边谈。"

　　于是我们就沿着美丽的湖滨小路漫步，古老的柏树和杂乱的枝繁叶茂的栗树把它们的阴影投在小路上，树木的枝丫侧映在湖里，湖水不安地闪烁着。湖那边贝拉焦一片雪白，像飘浮的白云，已经下山的太阳给它染上了柔和的艳丽色彩，在那高高的、黝暗的山岗上，塞贝尼别墅的围墙顶上抹着金刚石般的

_____

① 威金人，即诺曼人（Normannen）。

落日余辉，熠熠闪光。天气有点闷热，但并不使人感到憋气，温暖的空气像女人温柔的胳膊，温存地偎依在树影身上，她的呼吸里充满看不见的鲜花的芳香。

他开始说："开头就得坦白。我去年就已经来过这里，来过卡德纳比亚了，是和现在同一时节，住在同一旅馆，这我一直没有告诉您。我对您说过，我这个人一向不愿意生活得重复，因此您对我今年又来到这家旅馆来这件事一定会更加感到奇怪的吧。不过您听好了！那次当然也和这次一样地寂寞。那位来自米兰的先生去年也在这里，他整天抓鱼，晚上又把鱼放掉，第二天早晨再抓。去年还有两位英国老太太，她们默默无闻的生活几乎引不起任何人的注意，此外还有一位漂亮的小伙子带了一位可爱而苍白的姑娘，我至今仍不相信她是他的妻子，因为他们俩显得过分的亲昵。最后还有一家德国人，是典型的德国北方人，一位年纪大些的妇人，头发淡黄，骨骼突兀，动作笨拙而难看，她的眼睛像钢钎般一样，显得咄咄逼人，她那张爱吵架的嘴像刀削过的，十分锋利。跟她一起的是她的一个妹妹，这我绝不会认错，因为她们俩人的面貌完全一样，只不过妹妹的面容要舒展些，松软的脸上布满了皱纹。姊妹俩人成天在一起，可是从不交谈，时时刻刻都在织东西，在编织她们空虚的思想，像是无情的命运女神①在编织这百无聊

---

① 希腊罗马神话中的命运女神共有三位，一位纺织生命之线，一位决定生命之线的长短，第三位负责切断生命之线。

赖、狭隘短浅的世界。她俩中间坐着一位年轻姑娘，大约十六岁，是她们两个之中某一位的女儿，我不知道她母亲是哪一位。她的脸颊尚未成熟，但已经呈现出些许女性的圆润。她并不算好看，体形太纤细，尚未成熟，此外穿着打扮当然也显得土气，但是她那茫然的神韵中却有着某种动人的东西。她的眸子很大，充满了朦胧之光，但是她的眼睛总是困惑地躲开别人的视线，一阵眨巴就掩饰了眼睛的光芒。她也老是带着编织活计，但她的两只手的动作却常常很缓慢，手指头不时停下来，静静地坐在那里，以一种梦幻般的、纹丝不动的目光凝视着湖面。我不知为什么，一见此景，就有什么东西如此奇怪地把我攫住了。攫住我的难道是看到那位容貌凋谢的母亲和她青春焕发的女儿，看到身躯后面的影子而产生的庸俗的、却是不可避免的遐想，是想到每张脸庞上已经悄悄爬上了皱纹，笑声里默默显出了疲惫，梦境里已悄悄藏着因失望而产生的伤感吗，还是在姑娘身上处处显露出来的那种狂热的、突发性的、毫无目的的憧憬，是她们生活中那绝无仅有的、奇妙的瞬间？这一瞬间她们的目光热切地注视着宇宙，因为她们还没有得到那独一无二的东西，还没有可以紧紧抓住的东西，可以终身依附其上，就像藻类依附于漂浮在水面的木头一样。观察着姑娘，望着她那梦幻般的、湿润的目光，看着她对每一只猫和狗所表现出来的狂热而激烈的爱抚的姿态，瞧着她干干这，干干那，但什么事也不能做到头的不安的神情，我心里充满了难以言状的激动。再就是晚上她心绪不定地浏览旅馆图书室里的几本不怎么像样的书，或者翻阅她自带的两本翻烂了的歌德和鲍姆巴赫的诗集的匆忙神态……您干吗笑呀？"

我向他表示抱歉："把歌德和鲍姆巴赫凑在一起了。"

"噢，是这样！当然这是可笑的。但却又不可笑。您可以相信，年轻姑娘到这年龄，无论读的是好诗还是歪诗，是感情纯真的诗还是骗人的诗，她们都不在乎。对她们来说，诗只不过是解渴之杯罢了，她们根本不注意酒的本身，酒还没喝，她们的心就已经醉了。这位姑娘就是这种情景，她的憧憬已经装满了杯子，使她的眼睛也发出了光彩，指尖在桌上微颤，走起路来步履显得奇特、笨拙，但却又很轻快，带着一种飞跑和恐惧的风韵。看来她渴望同人说话，倾诉她充溢胸中的一切。但是这里没有人，只有寂寞，只有毛线针左右碰击的单调声音，只有这两位妇人的冷冰冰的、多疑的目光。一种无限同情之心在我身上油然而生，可是我又不能接近她，这是因为，首先，在女孩子此刻的心目中一个上了年纪的人是没有吸引力的；其次，我讨厌跟全家结交，尤其讨厌跟上了年纪的家庭妇女结交，这就排除了我去接近这位姑娘的任何可能性。于是我就试着做了一件奇怪的事。我想：这位年轻姑娘还没有开始独立生活，阅历不深，大概是初次到意大利——在德国，意大利被看作是浪漫主义爱情之国，是那些罗密欧们之国，那里，背地里在谈情说爱，还有扇子落在地上、寒光闪闪的匕首、假面具、少女的伴娘和温存多情的书信。那是由于受了英国人莎士比亚的影响，其然莎氏自己从未到过意大利。她一定在做着风流艳梦，但又有谁懂得少女的梦呢？这些梦如飘浮的白云，毫无目的地在蔚蓝的苍穹里浮移。这些如云的梦，黄昏时分总是染上灼热的色彩，先是紫色，随后又燃成火红。她觉得，在这里任何事情都可能发生，都不会使她感到意外。于是我就决定给她虚构一个神秘莫测的情侣。

"当天晚上我就写了一封缠绵的长信，既谦恭又尊敬，用了许多奇特的暗示，信没有签名。信里没有提什么要求，也没有作什么许诺，既热情奔放，又含蓄有度，一句话，像是从诗集里抄来的一封浪漫的情书。我知道，她因为心潮激荡，所以每天总是第一个去吃早饭，于是我就把这封信叠在餐巾里。到了第二天早晨，我从花园里对她进行观察：只见她猛吃一惊，大为诧异，她那苍白的脸颊上泛起了红晕，一直红到脖子。她困惑地环顾四周，全身震颤，以小偷似的动作把信藏了起来，随后就神情不安、激动烦躁地坐着，早点几乎连碰都没有碰就走了出去，走到外面那浓荫覆盖的、很少有人涉足的小路上揣摩这封神秘莫测的信去了……您想说什么？"

刚才我下意识地做了一个动作，因此得解释一下。"我觉得这很冒失。您难道没有想过，她可能会去查问或者——这最简单——去问跑堂的，餐巾里怎么会有封信？或者她不会把信交给她妈妈吗？"

"这我当然想过。可是假若您见过这位姑娘，这位怯懦而可爱的造物，连说话声音大了点都要怯生生地向周围瞧瞧，那么您就什么顾虑也没有了。有的少女很害羞，您可以对她们大胆妄为，因为她们束手无策，宁愿吃哑巴亏，也不去告诉别人。我笑嘻嘻地从后面看着她，为自己开的这个玩笑取得了成功而暗自欣喜。这时她又回来了，我突然感到血液在太阳穴里怦怦直跳：这姑娘完全变了，脚步也变了。她方寸大乱，思绪不宁地走来了，脸上泛着红晕，一种甜蜜的窘态使她显出笨手笨脚的样子。一整天她都是这样。她的视线射向每一面窗户，仿佛在那里可以把这个秘密抓获似的。她的目光盘绕在每个过往行人的身上，有一次也落到了我的身上，我小心翼翼地避开了它，免得眼睛一眨露出马脚，但是就在这飞逝的瞬间我感到她的疑问像一团火，这使我大吃一惊，多年以来我又感觉到，往一个少女的眼睛里洒进第一个火星，这比开什么玩笑都更加危险，更加诱人，更会毁掉一个人。后来我见她坐在两位德国太太中间，手指没精打采地织着毛线活，有时匆匆往衣服上触摸一下，我肯定，那里准藏着那封信。这场游戏吸引着我。当天晚上我给她写了第二封信，以后又接连几天给她写了信：在我这些信里去体会一个恋火中烧的青年男子的感受，并虚构出越烧越炽烈的恋火，这成了吸引我的一种奇特而激动的神奇力量，成了令我着迷的癖好，仿佛猎人在安放圈套或把野兽诱到他的枪口上来的时候所具有的那股劲头。

"我取得的成果简直无法描述，几乎是可怕的，要不是这场游戏使我如此着迷的话，我早想停止了。她走路的步子变得轻快而杂乱，像跳舞一样，她的脸庞微微发烧，现出一种奇特的美丽，她夜里准是睡不着，在期待着早晨的情书，因为一大早她的眼眶发黑，眼里闪烁着一团火。她开始注意自己的打扮了，头发上插着花，她的手轻轻抚摸着一切东西，显出无比的温柔，她的眼光里总含着一个疑问，这是因为从我这些信里所提到的千百件生活琐事里，她感觉到写信人一定就在她的近处，像是缥缈的精灵爱丽尔①，奏着音乐，在她身边飘荡，窥视着她最最隐秘的活动。但又不愿让人看见。她显得如此之快乐，这个变化就连两位迟钝的太太的眼睛也没有逃过，她们有时以慈祥而好奇的目光盯着她那匆匆走过的身影和花朵般绽开的面颊，然后就含着隐隐的微笑打量着。她的声音变得优美动听，变得响亮、清脆而大胆，她的喉咙常常有点发抖、发胀，仿佛突然要用升高的颤音欢呼般地唱出来，仿佛……但您又在笑了!"

"没有，没有，请您继续讲下去。我觉得您讲得非常好，您很有——请原谅——天才，您一定可以把这故事讲得很好，同我们的小说家不相上下。"

"您这话当然是客气而婉转地说我讲得同你们德国的小说家一样，就是说过分地抒情，铺枝蔓叶，多情善感，索然无味。好，我现在讲得简短一点! 木偶在跳舞，而我用手提着线，早已胸有成竹。为了转移她对我的任何怀疑——因为有时候我感觉到，她的目光在盯着我的视线打量——我就让她感

---

① 爱丽尔，传说中的气精，虚无缥缈，无影无踪。莎士比亚在《暴风雨》中，歌德在《浮士德》中都写了爱丽尔这个精灵。

到，可能写信人不在这里，而是住在附近的一处疗养地，是每天坐小船或汽艇过湖来的。此后每当驶来的船只靠岸响起铃声的时候，我就见她找个借口，摆脱母亲的守护，猛冲出去，在码头的一角屏住呼吸，打量着每一个到来的人。

"有一次——这是一个阴沉的下午，对她进行观察真是妙不可言的事——一件奇怪的事发生了。旅客中有一位漂亮的年轻人，穿着意大利青年极其讲究的服装，他的目光探寻地朝此地扫视着。这时这位姑娘无望地搜寻着的、探询的、干渴的目光引起了他的注意。姑娘脉脉含笑，脸上立即泛起一阵羞涩的红晕。年轻人愣住了，注意起来了——一个人是要触到别人投来这么热烈的、含有千层意味的目光，这是容易理解的——含笑向她走去。姑娘逃开了，心里断定，这就是自己找了很久的人。她又往前跑去，但又回过头来看看，这就是那种又乐意又害怕、又渴求又害臊的永恒的游戏，这场游戏中姑娘终归还是乐意让他追上的。他虽然感到有点诧异，但显然受到了鼓励，于是就在后面追赶，眼看快追上她了，这时我吓了一跳，以为这一下可要乱套了——这时两位太太正顺路走来了。姑娘像一只惊弓之鸟朝她们奔了过去，这位年轻人则谨慎地退了回来，但是他们又回头对视了一回，彼此热烈地吮吸着对方的目光。这件事首先提醒我该结束这场游戏了，但是诱惑力又太强了，我决定随心所欲地利用这次巧合，当晚就给她写了一封特别长的信，要让她的推测得到证实。现在要同时摆弄两个人，这事对我有着强烈的引诱力。

"第二天早晨，姑娘脸上笼罩着一层颤抖的迷惘神情，我感到大为吃惊。她荡漾着的美丽风韵消失了，脸上挂着一种令我感到莫名其妙的愠怒神色，她的眼睛哭红了，还噙着泪水，显然她的内心深处感到极度痛楚。她的沉默不语似乎是在渴求一阵狂喊乱叫，她的额头上积聚着一片愁云，目光里露出忧郁而辛酸的绝望，而我这回却正期待着看到她很开心的样子。我心里有点胆怯。从未有过的事第一次出现了，木偶不听摆布了，我要她这样跳，她却偏偏那样舞。我苦思冥想，始终想不出一个办法来。我对我的游戏开始感到恐惧了，为了避开她眼神里的那种悲戚的怨诉，天黑以前我没有回旅馆去。待我回来以后，一切全明白了。那张餐桌空了，这一家人走了。她不得不离去，连一句话都没能对她说。她的心此刻深深地牵萦着那唯一的一天，牵萦着那珍贵的一刻，但她不能对她的亲人们吐露：她被人从一个甜蜜的梦境里拖走，拖到一座鄙陋的小城镇去了。这件事我已经忘了，但我现在还感觉到她那最后的、如怨如诉的目光，感觉到我投进她生活里去的——有谁能知道她心灵的创伤多么深重——愤怒、折磨、绝望和最最辛酸的痛苦具有多么可怕的威力啊。"

　　他沉默了。在我们散步之中，夜渐渐深沉。云层挡着的月亮发出一种奇特的、颤动的光华。树丛中间像挂满了月光和星星，湖面呈现一片苍白色。我们一言不发，继续朝前走；后来，我同行的伙伴终于打破了沉寂。"这就是那则故事。这是不是一篇小说？"

"我不知道，无论如何我要把这个故事同其他故事一起牢记心间，您给我讲了这故事，我得谢谢您。一篇小说？也许这是一个能够吸引我的美丽的序篇。因为这几个人还闪忽不定，他们还没有完全把握住自己，他们的命运才开了个头，还并不是命运的本身，得把这个开头写到结束才好。"

"我懂得您的意思。您是说，这位年轻姑娘的生活，她回到了小镇，碌碌生活的可怕的悲剧……"

"不，不完全是这个。这位姑娘以后的事我不感兴趣。年轻女子无论她们自以为如何古怪，也总是索然无味的，因为她们的经历全都是消极的，所以太过于相似了。我们谈的那位姑娘，只要时机一到，就会嫁给一个诚实的男人，在这里的那件艳遇就将永远成为她回忆中最美丽的一页。这位姑娘以后的事我不感兴趣。"

"这倒很奇怪。我不知道，您在那位年轻人身上能够发现些什么。那样的目光，像一时喷射出来的一团烈火，这是每个人在青春时期都会捕捉到的，不过大多数人压根儿没有觉察而已，有的人则很快就把这样的目光忘了。人老了才会懂得，这恰恰是一个能够获得的最珍贵、最深沉的东西，青春的神圣的特权。"

"我感兴趣的也根本不是那个年轻人……"

"而是？"

"我倒想把那位年纪较大的先生，那位写信的人，拿来加加工，把他的事写到头。我认为，一个人无论年纪多大，他要是写出这么炽热的信，在梦境里进入爱情之中，那他绝不会不受惩罚，绝不会无动于衷。我倒想写一写事情是如何弄假成真的，写出他如何以为掌握着这场游戏，而实际上却是游戏掌握了他。他误认为姑娘蓓蕾绽开的美貌只是他以观察者的身份看到的，但实际上这美貌却深深地吸引和攫住了他。突然，这一切都从他手里滑掉了，这一瞬间他心里产生了一种强烈的渴望，感到需要这场游戏和玩具。吸引我的是爱情翻了个个儿，把一个老人的情火弄得跟一个男孩子的情火差不多，因为这一点双方都是没有充分感受到。我要让老人忧虑和期待。我要让他心神不定，让他为了要见到她而跟着追到她那里去，但最后一瞬间又使他不敢去接近她，我要让他重新回到原地来，心里怀着再见到她的希望，怀着有神灵助他创造一次巧遇的希望，而这次巧遇后来又是十分残酷的。我的小说想要顺着这条线去构思，后来小说会是……"

"骗人，胡说，不可能！"

我惊得抬起头来，他打断了我的话，声音僵硬、嘶哑、颤抖，带有威胁的意味。我还从来没见他那么激动过。一闪念我感觉到，刚才不小心触到了他的痛处。他急忙站住了，弄得我很狼狈，我见他的白发在闪亮。

我想马上换个话题。但是他又在说了，现在他的声音平静、亲切、低沉、柔和、略微有点伤感，因而显得很优美。"或许您是有道理的。这事确实很有意思。我记得巴尔扎克把他最最动人的故事中的一篇叫做《L'amour coûte cher auxvieillards》①，用这个题目还可以写许多故事。但是那些最最谙悉其中秘密的老人们，他们只愿讲自己的成功，不愿讲他们的弱点。有些事情只不过类似不断摆动的钟摆罢了，但他们却很害怕，在这些事情上显得极其可笑。您当真相信卡萨诺伐的回忆录恰巧'丢失'了那些写他年迈时期的章节是偶然的吗？那时这只公鸡已经成了戴绿帽子的乌龟，骗子成了受骗的人。也许他觉得手太沉重了，心太狭窄了。"他向我伸出了手。这时他的声音又变得冷淡、平静，毫不激动。"晚安！我看，夏夜给年轻人讲故事是很危险的，这很容易使他们产生许多愚蠢的想法和做着各种各样不必要的梦。晚安！"他迈着灵活的、但是由于年岁关系已经变得缓慢的步子回到黑暗中去了。时间已经很晚，通常，像这样软绵绵的温暖的夜晚，困乏早就向我袭来了，而今天，倦意却被血液里翻腾作响的激动驱散了。当一个人遇到一件怪事，或者在一刹那之间像经历自己的事一样经历着别人的事的时候，这样的激动是常常会有的。于是，我就沿着寂静黝黑的道路一直走到卡尔洛塔别墅。大理石台阶从别墅一直通到下面的湖里，我在冰凉的石阶上坐了下来。夜，多么奇妙的夜！贝拉焦的灯火以前像萤火虫一样在就近的树林里闪烁，现在则闪射在水上，显得遥远无垠。这些灯火慢慢地、一个接一个熄灭了，大地笼罩在一片沉重的黑暗里。科莫湖默默地躺着，光洁

---

① 法文，意为《老年人的爱情更珍贵》。

得宛如一块乌黑的宝石,可是边上闪烁着纷乱的火光。细波一上一下轻轻地击拍石阶,像是白嫩的手在轻按闪亮的琴键。远处的天穹显得高远无垠,天空里千万颗星星在闪烁。它们眨巴着眼睛,宁静而沉默,只是不时就有一颗星星猛然离开金刚石似的牢固的范围,坠进夏天的夜空,坠进黑暗之中,坠到山沟、峡谷里,坠到山上或远处的水里,不知不觉中被盲目的力量甩了出来,就像一个生命被甩进莫名的命运的深渊。

月　光　巷

轮船为风暴所耽搁，很晚才在法国海港小城靠岸，因而未赶上开往德国的夜班火车。这样，未曾想到，竟在这个陌生的地方待了一天。晚上，除了在市郊一家娱乐中心听听女子乐队演奏的忧伤音乐或同几位萍水相逢的旅伴乏味地闲聊一阵之外，就别无其他有吸引力的活动了。旅店的小餐厅里烟雾弥漫，连空气都是油腻腻的，真让人难以忍受，何况纯净的海风在我唇上留下的一抹咸丝丝的清凉尚未消退，所以我更是倍感这里空气之污浊。于是我便走出旅店，沿着灯光明亮的宽阔的大街，信步走向有国民自卫军在演奏的广场，重新置身于懒洋洋地向前涌动的散步者的浪涛之中。起初，我觉得在这些对周围漠不关心、衣着外省色彩颇浓的人的洪流中，晃晃悠悠地随波逐流倒是颇为惬意，但是过了不多久，我对于那种涌动的陌生人的浪涛，他们断断续续的笑声，那些紧盯着我的惊奇、陌生或者讥笑的目光，那种摩肩擦背的、不知不觉地推我往前的情景，那些从千百个小窗户里射来的灯光，以及刷刷不停的脚步声就无法忍受了。海上航行颠晃得厉害，我的血液里现在还骚动着一种晕乎乎、醉醺醺的感觉：脚下好似还在滑动和摇晃，大地似乎在喘息起伏，道路像在晃晃悠悠地飘上天空。这种喧闹嘈杂一下子弄得我头晕目眩，为了摆脱这种状况，我就拐进一条小街，连街名都没有看。从那里，我又拐进一条小巷，那无名的喧嚣这才渐渐平息下来。随后，我又漫无目的地继续走进那些血管似的纵横交错的小巷，进入这座迷宫。我离中心广场越远，这些小巷就越黑。这里已经没有大型弧光灯——宽阔的林荫大道上的月亮——的照耀了，透过微弱的灯光，我终于又能看见星星和披着黑幕的天空了。

　　我现在所处的位置大概离港口不远，在海员住宅区，因为我闻到了腐臭的鱼腥，闻到了被海浪冲上岸来的藻类散发出的甜丝丝的腐烂味，还有那种污浊的空气和密不通风的房间所特有的霉气，它潮湿地弥漫在各个角落里，一直要等到一场猛烈的暴风雨来临，才能让它们喘一口气。这捉摸不定的黑暗和意想不到的寂寞令我陶然，于是我便放慢脚步，仔细观察一条条各不相同的小巷：有的寂静无声，有的卖弄风情，但是所有的小巷全是黑黑的，都飘散着低沉的音乐声和说话声。这声音是从看不见的地方，是从屋宇里如此神秘地发出来的，以至于几乎猜不出隐秘的发声处，因为所有的房子都门窗紧闭，只有红色或黄色的灯光在闪烁。

　　我喜欢异国城市里的这些小巷，这个情欲泛滥的肮脏的市场，这些秘密地麇集着勾引海员的种种风情的场所。海员在陌生而危险的海上度过了许多寂寞之夜以后，来到这里过上一夜，在一小时之内就把他们许许多多销魂的春梦变为现实。这些小巷不得不藏在这座大城市的阴暗的一隅，因为它们厚颜无耻和令人难堪地说出了在那些玻璃窗擦得雪亮的灯火辉煌的屋子里，那些戴着各式各样假面具的体面人干的是些什么勾当。屋子的小房间里传出诱人的音乐，放映机映出刺眼的广告，预告即将上映的辉煌巨片，悬挂在大门门楣之下的小方灯眨巴着眼睛在亲切地向你问候，明明白白地邀你入内，透过半开的门户可以窥见戴着镀金饰物的一丝不挂的肉体在闪烁。咖啡馆里醉汉们大吵大嚷，赌徒们又喊又骂。海员们相遇都咧嘴一笑，他们呆滞的目光因即将享受的肉欲之欢而变得炯炯有神，因为这里什么都有：女人和赌博，佳酿和演出，肮脏的和高雅的风流艳遇。可是这一切都是羞答答的，奸诈地躲在假惺惺地垂下的百叶窗后面，全是在里面进行的，这种虚假的封闭性因其隐蔽和进出方便这双重诱惑而更加撩人。这些街道与汉堡、科伦坡、哈瓦那的街道差不多，就像大都市里的豪华大街都彼此相仿一样，因为上层和下层的生活，其形式各地都是相同的。这些不是老百姓的街道，是纵情声色、肉欲横流的畸形世界最后的奇妙的残余，是一片黝暗的情欲漫溢的森林和灌木丛，麇集着许多春情勃发的野兽。这些街道以其展露的东西使你想入非非，以其隐藏的东西让你神魂颠倒。你可以在梦里去造访这些街道。

这条小巷也是如此，进了这条小巷我感到一下就被它俘获了。于是我就跟在两个穿胸铠的骑兵后面去碰碰运气，他们挂在腰上的马刀碰在高低不平的路面上发出叮当的响声。几个女人在一家啤酒馆里喊他们，骑兵哈哈大笑，大声对她们开着粗鲁的玩笑。一个骑兵敲了敲窗户，随即就遭来一阵谩骂，骑兵继续往前走去，笑声也越来越远，一会儿我就听不见了。小巷里又没有了声息，几扇窗户在雾蒙蒙的黯淡的月光下闪着朦胧的灯光。我停下脚步，深深吸吮着夜的宁静。我觉得这宁静很奇怪，因为在它的后面有某种秘密、淫荡和危险的东西在微微作响。我清楚地感觉到，这种宁静是个骗局，在这条雾蒙蒙的黝暗的小巷里正弥散着世界上某种腐败之气。我站在那儿，倾听这空虚的世界。我已经感觉不到这座城市，这条小巷，以及它们的名称和我自己的名字。我只觉得，在这里我是外国人，已经奇妙地融进了一种我不知晓的东西之中，我没有打算，没有信息，也没有一点关系，可是我却充分感觉到我周围的黑暗生活，就像感觉到自己皮肤下面的血液一样。我只有这样一种感觉：这一切都不是为我发生的，可是却又都属于我。这是一种最幸福的感觉，是由冷漠不关心而得到的最深刻、最真切的体验所产生的，它是我内心生机勃勃的源泉，总让我莫名其妙地感到一种快感。正当我站在这条寂寞的小巷里聆听的时候，我仿佛期待着将会发生什么事似的，好把自己从患夜游症似的窃听人家隐私的感觉中推出来。这时我突然听见不知何处有人在忧郁地唱一首德国歌曲,《自由射手》中那段朴素的圆舞曲:"少女那美丽的、绿色的花冠。"由于距离远或是被墙挡着的缘故,歌声很低,歌是女声唱的,唱得很蹩脚,可是这毕竟是德国曲调,在这里,在这世界上陌生的一隅听到用德文唱的这首歌,感到分外亲切。歌声不知是从何处飘来的,然而我却觉得它像一声问候,是几星期来我听到的第一句乡音。我不禁自问:谁在这里说我的母语?在这偏僻、荒凉的小巷里,谁的内心的回忆重新从心底唤起了这支凄凉的歌?我挨着一座座半睡的房子顺着歌声摸索着寻去。这些房子的百叶窗都垂落着,然而窗户后面却厚颜无耻地闪烁着灯光,有时还闪现出正在招客的手。墙外贴着一张张醒目的纸条,写着淡啤酒、威士忌、啤酒等饮料的名称,尽是些自吹自擂的广告,这说明,这里是一家隐蔽的酒吧,但是所有的房子的大门都紧闭着,既拒人于门外,又邀你光顾。这时远处响起了脚步声,不过歌声一直未停,现在正用响亮的颤音唱着歌词的叠句,而且歌声越来越近,我找到了飘出歌声来的那所房子。我犹豫了片刻,随后便朝严严地垂着白色帘子的里门走去。我正决意躬身进去的时候,走廊的暗影中突然有什么东西一动,是人影,显然正紧贴在玻璃窗上窥视,这时被吓了一大跳。此人的脸上虽然映着吊灯的红光,但还是被吓得刷白。这是个男人,他睁大眼睛看着我,嘴里嘟哝着,像是说了句表示歉意的话,随即便在灯光昏暗的小巷里消失了。这种打招呼的方式也真怪。我朝他的背影望去，在光线微弱的小巷里，他的身影似乎还在挪动着，但是已经很模糊了。屋里歌声依旧，我觉得甚至更响了。我被歌声所吸引，于是便按动门把手开了门，快步走了进去。

　　像被一刀切断了似的，歌的最后一个字落了下来。我大吃一惊，觉得前面一片空虚，有一种含有敌意的沉默，仿佛我打碎了什么东西似的。渐渐的，我的目光才适应，发现这房间几乎是空空的，只有一张吧台和一张桌子，显然这里只是通往后面那些房间的前厅。后面的房间房门都半开着，灯光昏暗，床上铺得整整齐齐，单就这点，对于这些房间的原本用场就一目了然了。桌子前面，一位浓妆艳抹、面带倦容的姑娘支着胳膊、背倚桌子，吧台后面站着臃肿肥胖、脏兮兮黑乎乎的老板娘，她身边还有一位还算标致的姑娘。一进屋，我就向她们问了好，声音显得有点生硬，过了好一会儿才听到一句有气无力的回答。来到这空空的屋子，碰到如此紧张而冷淡的沉默，我感到很不舒服，真想立刻转身就走，可是我虽然尴尬，却又找不到什么借口，只好将就着在前面桌旁坐下。那姑娘这时才想起自己的职责，问我想喝点什么，听到她那生硬的法语，我马上就知道她是德国人。我要了啤酒，她拖着懒洋洋的步子去拿了啤酒来，这步子比她那浅薄的眼光更显得漠然和冷淡。她的眼睛有气无力地在眼皮底下微微闪着浊光，宛如行将熄灭的一对蜡烛。她按照这类酒吧的习惯，完全机械地在我的酒杯旁又为她自己放了一只杯子。在举杯为我祝酒时，她的目光空空地在我身上掠过，我这才有机会将她细细端详。她的脸倒还算漂亮，五官端正，但是好像是内心的疲惫使这张脸与面具相似，变得俗不可耐，面容憔悴，眼睑沉重，头发散乱，面颊被劣质化妆品弄得斑斑点点，已经开始凹陷，宽宽的皱痕一直伸到嘴角。衣服也是随随便便地披在身上，过量的烟酒使嗓音变得干涩而沙哑。总而言之，我感到这是一个疲惫不堪、麻木不仁、只是由于惯性才活着的人。我怀着拘谨而恐惧的心情向她提了一个问题。她回答的时候看都没看我，一副漫不经心的样子，毫无表情，几乎连嘴唇都没有动一下。我感到自己是不受欢迎的。老板娘在我身后打着哈欠，另一位姑娘坐在一角，眼睛朝这儿瞅着，似乎在等我叫她。我本想马上离开的，但我浑身发沉，另外好奇和恐惧心也把我吸引住了，使我像喝得醉醺醺的海员似的坐在这浑浊、闷热的空气里，因为淡漠也具有某种刺激性。

这时，我被身旁突然发出的一阵刺耳的笑声吓了一跳。与此同时，蜡烛的火苗也颤悠起来了，吹来一阵过堂风，我感觉到背后有人把门打开了。"你又来啦？"我旁边的女人用德语尖刻地嘲笑道，"你又绕着房子爬了，你这吝啬鬼？好吧，进来吧，我又不会揍你。"

她这样尖叫着打招呼，仿佛从胸中喷出一股火焰。我转过身来，先是朝她、随后又朝门口望了望。门还没有全开，我就认出了这颤颤悠悠的身影，认出了此人那唯唯诺诺的目光，他就是刚才像是贴在门上的那个人。他像个乞丐，怯生生地手里拿着帽子，被这刺耳的问候和哈哈大笑吓得直打哆嗦。这笑声犹如一阵痉挛，一下子把她笨重的身体都震得晃悠起来了，同时后面吧台那儿的老板娘匆匆向她耳语了几句。

"坐那边，坐在法朗索瓦丝那里！"当这可怜人怯生生地拖着踢踢嗒嗒的步子走近她时，她大声呵斥道，"你没见我有客人吗！"

她用德语对他大声嚷嚷。老板娘和另一位姑娘听了都哈哈大笑，虽然她们什么也没听懂，不过看来她们是认识这位客人的。

"法朗索瓦丝，给他香槟，要贵的，给一瓶！"她笑着朝那边喊道，随后又冲他嘲讽地说，"要是嫌贵，那就去外面待着，你这可怜的吝啬鬼！你是想来白看我的吧，我知道，你是想来白捡便宜的。"

在这阵恶毒的笑声中，他长长的身躯好像融化了，背也驼了起来，一副忍气吞声的样子，仿佛要把这张脸藏起来似的，他伸手去拿酒瓶的时候，手抖得厉害，倒酒时把酒也洒到了桌上。他竭力想抬眼看看她的面孔，但是目光怎么也无法离开地面，一直盯着地上贴的瓷砖打转。现在，在灯光下我才看清他那张形容枯槁的面孔：疲惫不堪，毫无血色；潮湿、稀疏的头发贴在瘦骨嶙峋的头颅上；手腕松弛，像折断了似的——整个是一副有气无力的可怜相，但却心怀怨恨。他身上的一切都不对劲，都挪了位，而且蜷缩了。他的目光抬了一下，但马上又惊恐地垂了下去，眼睛里交织着一股恶狠狠的光。

"你别去理他！"姑娘以专横的口气用法语对我说，并紧紧抓住我的胳膊，像是要将我拉转身来似的。"这是我和他之间的旧账，不是今天的事。"随后她又龇着亮晶晶的牙齿，像要咬人似的冲他大声吆喝道："尽管来偷听好了，你这老狐狸！你不是想听我说的话吗？我是说：我宁愿跳海，也不跟你走。"

老板娘和另一位姑娘又发出一阵哈哈大笑，笑得喘不过气来。看样子，对她们来说，这是一种寻常的逗乐，每天的笑料。可是，这时另一位姑娘突然做出温柔多情的样子，往他身上靠，并对他大献殷勤，发动攻势，他却吓得直打哆嗦，连拒绝的勇气都没有。看到这一切，我真有点毛骨悚然。每当他迷惘的目光以颇为愧赧又竭力讨好的神态看我的时候，我就感到心悸。我身边那个女人突然从松弛状态中惊醒过来，眼露凶光，连手都在颤抖，看到这副架势我很害怕。我把钱往桌上一扔，想走了，但是她没有拿钱。"要是他打扰你，我就把他，把这条狗撵出去。他必须照办。来，再跟我喝一杯。来！"她突然娇滴滴地做出一副媚态，紧紧倚在我身上，我立即就看出，这只不过是为了折磨别人而演的戏。她每做出一个狎昵的动作，就望那边瞧上一眼。我看到，她只要对我做出一个风骚的姿势，他全身就是一阵抽搐，仿佛在他身上放了一块烧红的烙铁似的。看到这种情景，真让人作呕。我不去理睬她，而是紧紧盯着他，现在气愤、恼怒、嫉妒和贪欲在他心里滋生，可是只要她一转过头来，他就赶忙弯下腰去，见此情景，我也感到不寒而栗。她紧紧地往我身上贴，我感觉到了她的身体，她那由于在这场恶毒的游戏中获得的乐趣而颤抖的身体，她那散发着劣质脂粉味的刺眼的脸和她那松软的肉体的难闻的气味令我感到恐惧。为了避开她，我便拿出一支雪茄。正当我的目光在桌上寻找火柴时，她就向他发了话："把火拿来！"

对她的这个厚颜无耻、蛮不讲理的命令，他竟百依百顺，这倒使我比他更为吃惊。见此情景，我就急忙自己找了火柴。可是，她的话竟像鞭子一样，啪的一下抽在了他身上。他拖着趔趄的脚步，蹒跚地走过来，把他的打火机放在桌上，动作非常之快，仿佛手碰了桌子就会被烧着似的。这瞬间，我的目光与他的相交叉，我看到，他的眼睛里隐含着无限的羞愧和切齿的愤恨。这卑躬屈膝的目光刺痛了我这个男子汉和他的兄弟的心。我感到受了这女人的侮辱，也同他一起羞愧难当。

"非常感谢你，"我用德语说——她抽搐了一下——"本来就不该麻烦您的。"说着，我便向他伸出手去。他犹豫好一会儿之后，我才感到他湿润而瘦削的手指，突然间，他痉挛般地使劲握了握我的手，以表达他的感激之情。这瞬间，他的眼睛闪闪发亮，直视我的眼睛，但随即又低垂到松弛的眼睑下面去了。出于对那女人的反抗心理，我想请他坐到我们这边来。我的手大概流露出了邀请的姿势，因为这时她急忙冲他吼道："你还是坐那儿去，别在这儿打扰！"

她那尖刻的声音和折磨人的恶行令我深恶痛绝。这烟味很浓的下等酒吧，这令人恶心的娼妓，这弱智的男人，这弥漫着啤酒、烟雾和劣质香水的气味对我有什么用？我渴望呼吸新鲜空气。我把钱推到她面前，正当她娇里娇气地挨近我的时候，我就站起身来，毅然躲开。我对参与这种侮辱人的缺德勾当极其厌恶，我以断然拒绝的态度清楚地表明，她的色相诱惑不了我。这时，她满脸怒容，嘴角起了一道皱褶，现出行将发作的神色，但她忍住没把话说出来，而心中的仇恨却一目了然。她猛的朝他转过身去，他见她这副横眉怒目的样子，被她的淫威吓得魂飞魄散，赶忙把手伸进口袋，哆哆嗦嗦地用手指头掏出一个钱包。匆忙之中他连钱包上的带子结都解不开，显然，现在他害怕单独同她待在一起。这是一只编织小包，上面嵌有玻璃珠子，是农民和小老百姓用的。一眼就可看出，他不习惯乱花钱，不像那些把手伸进的口袋，掏出一大把钱来往桌上一摔的海员。显然，他习惯于仔仔细细地点数，还要把钱用手指头夹着掂量一番。"瞧他为了这几个宝贝角子都抖成了什么样子！不觉得太慢了吗？你就等着吧！"她挖苦道，并往前逼进一步。他吓得直往后退，而她见他这副丧魂落魄的样子，便把肩膀一耸，眼里含着极其厌恶的神情说道："我不拿你一分钱，你的钱让我恶心。我知道，你的几个宝贝小钱都是有数的，一个子儿也舍不得多花。只不过，"——她突然拍了拍他的胸脯——"别让人把你缝在这儿的票子偷了去啊！"

　　果真，就像正在发作的心脏病患者突然抓住胸口一样，他那苍白而颤抖的手紧紧抓住外衣上的那个地方，他的手指下意识地在那儿摸了摸那个秘密的藏钱之处，这才放心地把手放下。"吝啬鬼！"说着，她啐了一口吐沫。这时，那备受折磨的人突然满脸通红，猛的把钱包摔给了另一位姑娘，从她身边冲出大门，像是从大火中逃了出来似的。那姑娘先是吓得大叫一声，随即便哈哈大笑。

她气得火冒三丈，眼露凶光，先还直愣愣地站了一会儿，随后就又松弛地耷拉下眼皮，精疲力竭地弯下松弛下来的身体。在这一分钟里她看上去显得又老又疲倦。她现在投向我的目光里压抑着某种犹豫不决、茫然若失的神情。她站在这里，满脸羞愧，迟钝麻木，像个喝得烂醉后醒过来的醉妇。"到了外面他会为他失去的钱而心痛的，也许会跑去报警，说我偷了他的钱。不过明天他又会到这儿来的。然而他休想得到我。谁都可以得到我，只有他不能！"

她走到吧台前，扔下几个硬币，咕噜噜一口气吞下一杯烈酒。她的眼里又露出了凶光，但很浑浊，像是蒙了一层愤怒和羞辱的泪水。看到她我感到十分恶心，对她没有丝毫同情。我道了声"晚安！"就走了。老板娘回了句"Bonsoir"①。那女人没有回过头来，只是发出一阵刺耳的、讥讽的大笑。

我出了门，外面只有黑夜和天空，到处笼罩着闷热的昏暗，漠漠云层遮掩着无限遥远的月光。我贪婪地吸着微热的、但却沁人肺腑的空气，我为森罗万象的人生际遇感到无比惊奇，那种恐怖的感觉消散了。我又感到，每扇玻璃窗后面总在上演一出命运剧，每扇大门都展示着一场风流韵事，这个世界上的事真是千姿百态，无所不在，即使在这最最肮脏的一角也

---

① 法语，此处为"再见"的意思。

像在萤火虫闪烁不灭的光照下映现出种种窃玉偷香的悲剧。这是一种会使我无比陶醉，乃至流下眼泪的感觉。方才见到的那些令人厌恶的情景已经过去，紧张的情绪变成了舒心适意的倦意，渴望把这种种经历过的事情变成更美的梦。我的目光下意识地朝周围寻觅了一番，想在这纵横交错的迷宫似的小巷中找到回旅店的路。这时，一个人影蹑趄着脚步，到了我身边，他准是悄无声息地先走近来着。

"请您原谅，"——我立刻就听出了这低三下四的声音——"我想，您找不到路了。能允许我……允许我给您指路吗？这位老爷是住在……？"

我说了旅店的名字。

"我陪您去……要是您允许的话。"他马上谦恭地加了一句。

恐惧又袭上我的心头。在我身边，蹑手蹑脚、幽灵似的脚步在移动，虽然几乎听不见，但却紧紧地跟在我身边，还有这条海员巷的黝暗和对刚才所经历的事情的回忆，这一切渐渐为一种梦幻般的紊乱的感觉所代替，既无判断，也无反抗。我没有看到他的眼睛，但却感觉到他低三下四的目光，我还觉察到他的嘴唇在颤动。我知道，他想跟我说话，可是我既没有表示同意，也没有表示反对，我的感觉正处于昏昏沉沉的状态之中，我的好奇心同身体迷迷糊糊的感觉一起一伏地融合在一起。他轻轻地咳了好几次，我发觉，他的话被嗓子眼里的什么东西堵住了，那女人的残忍竟神秘莫测地转到了我身上，所以见他的羞耻感同急于要倾吐的心情在搏斗，我就感到暗自欣喜：我没有助他一臂之力，而是让沉默又厚又重地挡在我们之间，只听见我们杂乱的脚步声，他的脚轻轻地趿拉着，像老人一样，我的脚步故意踩得又重又响，仿佛要逃离这肮脏的世界似的。我感到我们之间的紧张气氛越来越强烈，这沉默充满了内心的尖声呼喊，好似一根绷得过紧的弦，后来他终于打破沉默，先是极其胆怯地说道："您……您……我的老爷……您在那屋里见到了蹊跷的一幕……请原谅……请原谅我又提起这件事……您一定觉得她很奇怪……觉得我很可笑……这女人……就是……"

他的话又停住了。他的喉咙像被什么东西紧紧哽住了。随后，他的声音变得很小，匆匆地悄声说道："这女人……就是我的老婆。"这话惊得我差点儿跳了起来，因为他很抱歉似的连忙说："就是说……以前是我的老婆……五年，是四年前……在我的老家黑森的格拉茨海姆……老爷，我不希望您把她想得很坏……她成了这样，也许是我的过错。以前她并不总是这样……是我……是我把她折磨成现在这样的……虽然她很穷，穷得连衣服都没有，她什么东西都没有，我还是娶了她……我呢，我很有钱……就是说颇有资产……不算很有钱……或者说至少那时……您知道，我的老爷……她说得对，我以前也许很节俭……但这是以前的事了，还在不幸发生之前，我诅咒这件事……我的父母亲都很节俭，大家都这样……每一分钱都是我拼命工作挣来的……她却过得很轻松，她喜欢漂亮的高档东西……但她很穷，为此我一再责骂她……我本不该这样的，现在我才知道，我的老爷，因为她骄傲自大，目空一切……您别以为她那副样子是真的，不，她是装出来的……是为了给人看的，她自己内心也很痛苦……她这样做只是……只是为了伤害我，为了折磨我……因为，因为她感到羞愧……或许她真的变坏了，但是我……我并不相信……因为，我的老爷，她这人以前是很好，很好的……"

他擦了擦眼泪，心情十分激动，便停了下来。我不由得看了他一眼，突然间，我不再觉得他可笑了，就连"我的老爷"这个在德国只有下等人才用的奇怪的、低三下四的称呼也不再觉得刺耳了。由于费劲说出了心里话，他的面孔显得十分舒展，现在他又迈着沉重的脚步跟跟跄跄地继续往前走去，但却目不转睛地盯着石铺的路面，仿佛在摇曳的灯光下费劲地读着从痉挛的喉咙里痛苦地吐出来刻在路面上的话。

"是的，我的老爷，"现在他深深地吸了口气，声音低沉，与刚才完全不同，就像发自一个较为温和的内心世界一样，"她原来非常好……对我也很好，我使她摆脱了贫困，她很感激……我也知道，她很感激……但是……我……乐意听感恩的话……一次又一次……一次又一次地听感恩的话……听到感恩的话，我心里很舒服……我的老爷，我感到自己比她强，心里就美滋滋的，舒坦极了……要是我知道，我是个坏人……为了不断听到她对我说感恩的话，我真愿把所有的钱都拿出来……她非常傲气，她发觉我要她感恩时，反而说得越来越少了……

所以……也仅仅是这个原因，我的老爷，我就总是让她来求我……我从不主动给她钱……她要买件衣服，买条带子都得来向我乞求，我心里感到很惬意……我就这样折磨了她三年，而且越来越厉害……可是，我的老爷，这仅仅是因为我爱她……我喜欢她的傲气，可是我又总想打掉她的傲气，我真是个疯子，她一要什么东西，我就火冒三丈……但是，我的老爷，我这并不是真的……只要有机会侮辱她，我就快活得要命，因为……因为我根本就不知道，我是多么爱她……"

他又不说了。他蹒跚地走着。显然，他把我忘了。他不由自主地说着，像在梦里似的，而且声音越来越大。

"这事……这事我那时……在那个晦气的日子才明白……那天，她为她母亲要一点钱，只是很少、很少一点，我没有答应她……实际上钱我已经准备好了，但是我想让她再来……再来求我一次……啊，我说什么啦？……是的，那天晚上我回到家里，她已经走了，只在桌上留了一张字条，这时我才明白过来……'你就留着你那些该死的钱吧，你的一个子儿我也不要了。'……字条上就写了这些，再没有一句别的话……老爷，三天三夜我就像发了疯一样。我请人到河里去找，到树林里去寻，给了警察好几百个马克……所有的邻居家我都去了，但是他们对我只是嘲笑和挖苦……一丝形迹都没发现……后来，另一个村的人告诉我，说他曾经见她在火车上同一个士兵在一起……她到柏林去了……当天我就赶了去……我放弃了我的收入……损失了几千马克……大家都偷我的东西，我的仆人、管家，大家都偷……但是，我向您起誓，我的老爷，我觉得这些都无所谓……我在柏林住了一个星期，终于在这个人流的旋涡里找到了她……我到了她那里……"他重重地吸了口气。

"我向您起誓，我的老爷……我没有对她说一句重话……我哭了……我跪了下来……我答应把钱……把我的全部财产都拿出来，让她掌管，因为那时我已经知道……没有她我就活不了。我爱她身上的每一根毛发……她的嘴……她的身体，爱她的一切……是我，是我一个人把她推下火坑的呀……我走进屋里时，她的脸一下变得刷白，像死人一样……我买通她的女房东，一个拉皮条的下流女人……她靠在墙上，脸色像墙上的白灰……她仔细地听着我说。老爷，我觉得……她，是的，她见到我几乎很高兴……可是我谈到钱的时候……我所以谈到钱，我向您起誓，只不过是为了向她表明，钱我已经不再考虑了……这时她却啐了一口……接着就……因为我一直还不想走……这时她就把她的情夫叫来，他们一起把我取笑了一通……可是，我的老爷，我还是老去那儿，每天都去。那儿的人把一切都告诉了我，我得知，那无赖把她扔了，她的生活非常困难，于是我又去那儿一次……一次又一次，老爷，可是她把我骂了一顿，并把我偷偷搁在桌上的钞票撕得粉碎，我再去那儿时，她已经走了……为了再找到她，我的老爷，我真是竭尽了全力！整整一年，这我可向您起誓，我不是在生活，而只是不停打听，我还雇了几个侦探，后来终于打探出，她到了那边，在阿根廷……流落……流落青楼……"他犹豫了片刻。说最后这个词的时候就像要断气一样。他的声音变得更低沉了。

"起初，我吓了一跳……但是后来我思忖，是我，就只是我，把她推下深渊的……我想，她受了多少苦啊，这可怜的女人……主要是因为她太傲……我找了我的律师，他给领事写了信，寄了钱去……没让她知道是谁寄的……只是要她回来。我接到电报，说一切都办得很顺利……我知道了她回来时坐的轮船……我就在阿姆斯特丹等着……我提前三天到了那里，真是心急如焚……轮船终于到了，才见到地平线上轮船冒出的烟，我就乐不可支，我觉得我简直无法等到轮船慢慢地、慢慢地驶近并靠岸了，船开得很慢，很慢，随后旅客从跳板上过来了，她终于，终于……我没有立即认出她……她的样子变了……脸上涂了脂粉，就是……就是这样，您所见的那副模样……她见我在等她……她的脸色变得煞白……幸好有两名海员把她扶住，要不然她就从跳板上摔下去了……她一上岸，我就走到她身边……我什么也没有说……我的喉咙像是卡住了……她也没有说话……也不看我……挑夫挑着行李走在前面，我们走着，走着……突然，她停住脚步，说……老爷，她说的话……让我心痛，听了真让人伤心……'你还愿意让我做你的老婆？现在也还愿意吗？'……我握着她的手……她哆嗦着，但没有说话。可是我感觉到，现在一切又言归于好了……老爷，我是多么幸福啊！我把她领进房间以后，我就像个孩子似的围着她跳，还伏在她脚下……我一定说了些愚蠢透顶的话……因为她含着眼泪在微笑，并爱抚着我……当然是怯生生的……可是，老爷，我感到好适意啊……我的心融化了。我从楼梯上跑上跑下，在旅店里订了午餐……我们的婚宴……我帮她穿好结婚礼服……我们下楼，喝酒吃饭，好不快乐……噢，她快活得像个孩子，那么亲热和温厚，她谈论着我们的家……谈到我们要重新添置的各种东西……这时……"他突然粗着嗓门说，并且做了个手势，仿佛要把谁砸烂似的。"这时……这时来了一个茶房……一个卑鄙的小人……他以为我喝醉了，因为我发了疯似的，跳啊，笑啊，还笑着在地上打滚……我只是因为太高兴了啊……噢，高兴得不知所以，这时……我付了账，他少找我二十法郎……我把他斥责了一顿，并要他把钱补给我……他很尴尬，便搁下那枚金币……这时……这时她突然尖声大笑……我愣愣地盯着她，她的面孔已经变了样……一下子变得嘲讽、严厉和凶狠……'你还是老样子……甚至在我们结婚的日子也一点没变！'她冷冷地说，语气那么锋利，那么……伤心。我心里感到惶恐，诅咒自己那么斤斤计较……我设法重新笑了起来……但是她的快乐情绪已经没有了……已经消失殆尽……她自己单独要了房间……对于她我没有什么东西舍不得的……夜里我独自躺在床上，心里盘算着第二天早上给她买些什么东西……作为礼物送给她……我要向她表明，我这人并不小气……再也不违背她的心意了。第二天一大早我就出去，给她买了手镯，然而，我回来走进她的房间……房里已经空了……同上次完全一样。我知道，桌上准留了字条……我走开了，向上帝祈祷，希望这次不是真的……但是……但是……桌上果真留了字条……

上面写着……"他犹豫了。我下意识地停住脚步，望着他。他耷拉着脑袋，过了一会，他以嘶哑的声音低声说道："上面写着……'让我安静吧。你让我感到恶心……'"

我们到了港口，突然，近处波涛拍岸的轰鸣打破了黑夜的沉寂。停泊在近处和远处的海轮宛如一只只黑色巨兽，都睁着亮晶晶的眼睛，不知从何处传来了歌声。什么东西都看不清楚，但却感觉到许多东西，一座人口稠密的城市正在沉睡，正在做着可怕的梦。在我身边，我感觉到这个人的影子，它幽灵似的在我脚前颤动，在摇曳的昏暗灯光中，时而拉长，时而缩短。我一句话也说不出，既想不出话来安慰他，也没有什么问题要问他，但是我感到他的沉默黏在了我身上，黏得很紧，使我感到压抑。突然，他颤颤栗栗地抓住我的手臂。

"可是，没有她我是不会离开这儿的……我找了几个月才重新找到她……她在折磨我，但是，我会百折不挠地坚持下去的……我的老爷，我求您，请您跟她谈谈……我不能没有她，请把这话告诉她……我的话她不听……我再也不能这样活着了……我再也不能看着男人上她那儿去了……我再也不能在门口守着他们重新走出来……一个个喝得醉醺醺地哈哈大笑……这条巷里的人都认识我……他们只要看见我在那儿等着，就哈哈大笑……快把我弄疯了……可是，每天晚上我还是照样站在那儿……我的老爷。求求您……请您跟她谈谈……我是不认识您，但是，看在仁慈的上帝的份上，请您跟她谈谈……"

我下意识地想从他手中把胳膊脱出来。我感到心里发毛。

可是他却觉得我对他的不幸无动于衷，于是突然跪在街心，把我的脚抱住。

"我恳求您，我的老爷……您一定得跟她谈谈……您一定得……要不然定会发生可怕的事的……为了找她，我花掉了所有的钱，我不会让她留在这里……不会让她活着留在这里。我已经买了一把刀……我买了一把刀，我的老爷……我决不让她留在这里……决不让她活着留在这里……我受不了……请您跟她谈谈，我的老爷……"他像发了疯似的在我面前直打滚。就在这时，街上有两个警察朝这儿走来。我一把将他拉起。他直愣愣地盯着我看了一会儿，随后便用完全陌生的、干巴巴的声音说："顺着这条巷子，您在那儿拐进去，就到您住的旅店了。"他又一次愣愣地看着我，瞳孔好像融化了，白白的，空洞洞的，很是吓人。接着他就离开了。

我紧紧裹着大衣。我冷得发抖。我只感到疲倦，觉得醉醺醺的，昏沉而麻木，好似梦游一般，同时我又有一种不祥的预感。我想好好想一想，把这些事情思考一番，可是那疲倦却时时从我心头翻起黑浪，将我卷走。我摸索着回到旅店，往床上一倒，睡得沉沉的，像头牲畜。

第二天早晨，这件事情中到底哪些是梦幻，哪些是真的，我也弄不清了，而且我心中也有什么东西不让我去弄清楚。我醒得很晚，我是这座陌生城市里的陌生人。我去参观一座教堂，它的古代镶嵌艺术据说很有名。但是我的眼睛望着教堂，什么也没有看进去，昨天夜里所遇之事又浮现在我眼前，越来越清晰，而且轻而易举地推我去寻找这条小巷和那所房子。可是这些奇怪的小巷只有夜里才有生气，白天都戴着灰色的、冷冰冰的面具，只有熟悉的人才能认出面具下面的条条小巷来。我怎么找也没找到那条小巷。我又失望又疲惫地回到住处，脑子里总也摆脱不了那种种图像，不知是妄想中的还是回忆中的那些图像。

我乘坐的火车晚上九点开。我怀着遗憾的心情离开这座城市。挑夫扛起我的行李，在我前面朝车站走去。在一个十字路口，突然有什么东西使我转过头来：我认出了通向那座房子去的那条横着的小巷。我让挑夫等一下，就走过去再朝那条烟花巷看了一眼，挑夫先是有点吃惊，随后就调皮而会心地笑了。

巷子里黑黑的，同昨天一样，在淡淡的月光下我看见那座房子的玻璃门在闪闪发亮。我还想再走近一点，这时黑暗中出来一个身影，发出簌簌的声响。我感到不寒而栗。我认出了那个人，他正蹲在门槛上向我招手。我想走近一点，但是我心里发慌，所以赶紧逃走，怕被缠在这里，误了火车。

但是，后来在拐角处我正要转身时，又回头望了望。我的目光与他相遇时，他猛的一使劲，站了起来，朝大门撞去。他手里金属的亮光一闪，因为这时他飞快地打开了门，我从远处看不清他手里拿的到底是金币还是刀子，反正在月色中他手指缝里有亮晶晶的闪光……

里昂的婚礼

1793 年 11 月 12 日，巴雷尔在法国国民公会上提出一个提案，要置里昂这座暴乱的、后来被攻占的城市于死地。提案结尾是两句简明扼要的话："里昂反对自由，里昂今后将不复存在。"巴雷尔要求把这座叛逆城市的一切建筑夷为平地，将其所有的纪念碑化为灰烬，连城市名称也要取消。国民公会犹豫了八天，才作出同意摧毁这座法国第二大城市的决定。可是，即使在这项决定签字以后，人民代表库东在执行这项血腥的英雄命令时还是采取了敷衍态度，因为他知道，罗伯斯比尔对他的做法是默许的。为了做做样子，他把民众召集到贝勒古广场，举行声势浩大的集会，并用银锤象征性地敲敲那些决定要摧毁的房屋，但是真要摧毁那些精美的门面时，铁锹却迟迟疑疑地下不了手，断头台上的杀人机只是隆隆地空响着，铡刀很少落下来。看到这出乎意外的温和态度，人们心里稍安，这座被内战和长达一月有余的围困弄得人心惶惶的城市终于又敢呼吸第一口希望之气了。可是这时这位仁慈的、迟疑不决的护民官突然被召回，派来接替他的是科洛·德布瓦和富歇。这两位身佩人民代表绶带的司令一到，里昂在共和国的法令里从此就叫作"解放城"了。于是，原来以为是虚张声势，藉以吓人的法令，一夜之间就变成了可怕的现实。"迄今为止这里毫无动作。"两位新护民官一到任就迫不及待地向国民公会提交了第一份报告，报告中这样说，以此来证明他们自己的爱国热忱并对那位态度温和的前任表示怀疑。他们立即采取恐怖手段来执行国民公会的命令。富歇，这位"里昂的刽子手"、日后的奥特朗托公爵和一切合法原则的捍卫者，后来最不愿意重提的正是这段往事。

现在不再是用铁锹把建筑物上的灰浆慢慢地铲下来了，而是埋上火药，把精美的建筑物一排排炸掉，行刑时也不再用"既不可靠，也不够用"的断头台，而是用枪和霰弹将被判决的人成百上千地集体处死。司法机关每天都得到新的严厉的命令，因而大开杀戒，它像一把长柄镰刀大把大把地刈割麦束，日复一日地将大批市民一片片刈倒在地，要将死者收敛掩埋实在太慢，于是便将死者扔进罗纳河，让那汹涌的波涛将尸体冲走。嫌疑犯比比皆是，各个监狱早已人满为患。于是就将公共建筑物、学校和修道院的地窖统统用来收容被判决的人，当然收容的时间极其短促，因为镰刀很快就刈过来了，很少有一堆草会让同一个犯人的身体暖和一个晚上的。

在那个血腥之月，在一个严寒的日子里，又有一批犯人被赶进市政厅的地窖，大家暂且短暂而悲惨地待在一起。中午，他们挨个儿被带到警长面前，马马虎虎一问便决定了他们的命运。现在六十四个被判决的男人和女人零乱地坐在拱顶很低的地窖里，黑暗中弥漫着酒桶味和霉气，前屋壁炉里的一点儿火并没有使地窖暖和多少，只不过给黑暗染上些微红色而已。大多数犯人都迷迷糊糊地躺在各自的草褥上，其余的人则挤在那张唯一允许放在那里的木桌上，凑着摇曳不定的烛光在匆匆写诀别信，他们都清楚，他们的生命将比这寒冷的屋子里颤颤悠悠地发着蓝光的蜡烛结束得更早。他们说话的时候没有一个不是悄声低语的，所以地雷低沉的爆炸声和紧接着房屋哗啦啦的倒塌声，从寂静的大街上严寒的空气中传到这里，听得分外清晰。可是，事态发展的势头犹如不及掩耳的迅雷，这些备受命运折磨的人已经失去了感觉和清楚地思考一切的能力，大多数人像待在坟墓的进口处一样，在这黑洞洞的地窖里往墙上一靠，一动不动，一言不发，他们万念俱灰，不再存有任何希望。

将近晚上七点钟的时候，吱啦一声，生锈的门闩拉开了。大家下意识地一惊而起：以往是允许过夜的，难道一反这悲惨的常规，他们最后的时刻现在就已到来？一阵寒冷的穿堂风从打开的门里吹来，蜡烛蓝蓝的火苗跳个不停，仿佛要逃脱蜡身，蹿出地窖似的。随着烛光的颤动，人人胆战心惊，对于即将来临的事情未卜凶吉。但是一会儿大家就惊魂稍定，因为狱卒并没有别的动作，只不过又给这里新添了一批犯人，大约二十名。狱卒一声不吭地将他们押下台阶，带进挤得满满的屋子，也不给他们指定特定的位置，随后就哐啷一声重新关上了沉重的铁门。

囚犯们带着不友好的目光望着这些新来的人，因为人的天性很奇怪，擅长适应任何的环境，即使时间极其短暂，也会觉得如在家里一样，这似乎是天经地义的。所以这些先来者已经下意识地把这间空气滞重、散发着霉味的屋子，长了绿毛的草褥和壁炉周围的位置看作了自己的财产，觉得每个新来的人都是擅自闯入的、令人扫兴的入侵者。那些刚押进来的囚徒呢，他们大概也都明显地觉察到了先到这里的犯人所表露出来的冷冰冰的敌意，尽管这种敌意在这死亡的时刻显得如此荒唐。很奇怪，他们既不同先来的难友互致问候，也不说话，也不要求在桌上和草褥上占有一席之地，而只是一言不发、闷闷不乐地挤在一角。如果说先前浮现在拱顶上的寂静已经极其残酷，那么，由于无谓地激起了感情上的紧张气氛，这寂静就显得更为阴森了。

突然，一声呼喊打破了寂静。在这个时候，这喊声听起来格外悦耳，分外响亮，仿佛来自另一个世界。这声响亮的、几乎是颤抖的呼喊，以其不可抗拒的力量把最最漠然的人也触动了，把他们消沉压抑、万念俱灰的心震撼了。一位刚同其他犯人一起新来的姑娘突然猛的跳了起来，像要摔倒似的朝前伸开双臂，一面颤声高呼"罗伯特，罗伯特！"，一面朝一个年轻人扑去。这年轻人本来正靠在一边的窗栅上，同姑娘之间隔着几个人，而这时也朝她扑了过来。两个年轻人的身体随即紧紧地拥抱在一起，嘴唇紧紧相贴，像两束火焰亲热地在一起熊熊燃烧，欢乐的泪水夺眶而出，在对方脸上涓涓流淌，他们的抽噎像出自一个快要炸裂的喉咙。他们一旦稍停片刻，就不相信这是真的。这难以置信的事情使他们心惊胆战，因而转瞬之间两人又重新紧紧拥抱在一起，情绪更为炽热。他们失声痛哭，抽抽泣泣，一口气地说着，嚷着，一味沉浸于无穷无尽的感情的海洋中，完全不顾及周围的难友。难友们感到无比惊讶，因此恢复了生气，犹犹豫豫地走近这两位年轻人。

姑娘同这位市政府高级官员的儿子罗伯特·德·L自幼青梅竹马，几个月前两人刚订婚。教堂里已经贴出了结婚公告，而所定的办喜事的日子恰好正赶上血流遍地的那一天。那天，国民公会的军队攻破了里昂城。她的未婚夫一直在佩西将军的军队里同共和国作战，在这节骨眼上当然有责任伴随这位保皇派将军去进行孤注一掷的突围。此后接连几星期都没有他的消息，她几乎心怀这样的希望：他已经幸运地越过国境，逃到瑞士去了。这时，突然有位市政府的文书告诉她，告密者打听到她未婚夫躲藏在一个农庄里，昨天他已被送交革命法庭。这位勇敢的姑娘一听到她未婚夫以及他肯定会被处决的消息，身上一下生出一股神奇而不可思议的力量，女人在千钧一发之际其天性所具有的那种力量，办了件本来不可能办到的事。她亲自闯到本是无法接近的人民代表跟前，恳求宽宥她的未婚夫。她先是跪在科洛·德布瓦的脚下，但遭到了严厉拒绝。科洛·德布瓦说，对于叛徒他绝不宽宥。随后她就跑去找富歇。而此人心地之残忍丝毫不比科咯·德布瓦逊色，不过手段则更加狡猾。他见年轻姑娘这副绝望的样子，好像也受了感动，于是便用谎言来搪塞，说他倒很愿出面干预，从轻发落她的未婚夫，可是他看见——这时，这位惯于用花言巧语蒙骗人的老手透过长柄单片眼镜朝一张无关紧要的纸上随便扫了一眼——今天上午罗伯特·德·L已经在勃罗多的田野上被按军法枪决了。年轻姑娘完全受了这老奸巨猾的家伙的诓骗，她立刻就相信她的未婚夫已死。遇到这种情况，女人通常只有束手无策地沉湎于痛苦之中，可是她却不是这样，她已将毫无意义的生命置之度外。这时她从头发上摘下饰有革命标志的徽章，往地上一扔，双脚一阵猛踩，并大声怒骂富歇和急忙奔来的卫兵是一帮卑鄙的吸血鬼、刽子手和色厉内荏的罪犯。高昂的吼骂，声震屋宇。她被士兵绑了起来，拖出房间的时候，听到富歇正在给他的麻子秘书口授逮捕她的命令。

这位热情满怀的姑娘几乎是乐不可支地对周围的人说，这一切她当时已不再觉得是真实的，不再觉得是实实在在的了，相反，一想到自己很快就可以跟随已被处决的未婚夫而去，就觉得遂心如意，心里有种辉煌感。审讯时她对所有问题概不作答，她强烈地意识到死亡已经临近，心里无比欣喜，当士兵将她同后来的那批犯人一起推进这所监狱时，她甚至连眼睛都没有抬一下。因为她知道心爱的人已死，她自己将在九泉之下幸福地朝他靠近，那么，在这个世界上还有什么不能割舍的呢！

因此她完全安之若素地躺在一角。待到她的眼睛刚刚适应狱中的黑暗，就发现一个倚窗沉思的年轻人，他的姿态令她感到诧异，活脱脱就是她未婚夫平时愣神儿凝视的样子。她竭力控制自己，不让自己怀有这样一个镜花水月、虚妄无稽的希望，不过她毕竟还是站了起来。在这瞬间，那年轻人恰好几乎同时走近了蜡烛的光圈。她以仍然激动不已的声调说，她真不明白，在这魂飞魄散的钻心的一刻，居然没有晕死过去，因为她清楚地感觉到，当她突然看到早已被处决的未婚夫仍活生生地出现在她面前时，她的心简直像要从胸口蹦出来一样。

姑娘急匆匆地飞快地讲述着这段经历，同时她的手一直紧紧地握着她心上人的手，一刻也没松开。她目不转睛地盯着他，一次又一次地重新拥抱他，仿佛对他的出现还始终把握不定似的。这对年轻人两情缠绵，这感人至深的一幕神奇地震撼了所有的难友。这些犯人方才还麻木不仁，疲惫不堪，无动于衷，心如死灰，现在一下子活跃起来了，个个热情满怀，纷纷挤在这一对如此奇特地相聚在一起的情人周围。由于这件异乎寻常的事情，他们个个忘掉了自己的厄运，人人心潮翻涌，都忍不住想对他们说句关怀、支持或同情的话，但是这位热情似火的姑娘正沉醉在如痴似迷的自豪中，不需要别人为她抱撼。不需要。她说她很幸福，彻底的幸福，因为她现在知道，她可以和心上人在同一时刻死去，谁也不必为对方伤悲。不过有一件事美中不足，那就是她没有完婚，还只能用父姓，而不能作为他的妻子同他一起走到上帝面前去。

她天真烂漫地说出了自己的心里话，没有任何意图，而且几乎一说出来就已经忘了，只是不住地拥抱她心爱的人，所以并没有发觉，罗伯特的一位战友被她的这个愿望深深打动，这时已小心翼翼地溜到一旁，在同一位年纪较大的难友悄悄地合计。他低声所说的那些话似乎使那人大为感动，因为他立即霍地站了起来，挤到这两个年轻人身边。他对这对情侣说，他是土伦的一位神甫——他一身农民着装别人真看不出他是神甫——拒绝宣誓效忠共和，由于被人告密才被逮捕到这里来的。可是，尽管他现在没有穿神甫的长袍，然而心里依然一如既往地感到自己应履行的职务和所具有的神甫的权力。他说，既然两人的婚礼早已公告，另一方面两人又都已被判决，所以完婚之礼不容拖延，因此他豁出去了，愿意立即满足他俩这个完全正当的渴求，在这里由他们的难友和那位无处不在的上帝作证，使他俩结为夫妻。

年轻的姑娘万万没有想到，她的心愿居然还能实现，真是感到无比惊讶，于是她便以询问的神情望着未婚夫。他的回答只是一道喜气洋洋的炯炯闪亮的目光。于是年轻姑娘便双膝跪在坚硬的石板地上，吻着神甫的手，请他就在这间极不像样的屋子里为他们主持婚礼，因为她觉得自己的思想是纯洁的，此刻心里充满了神圣的感觉。这阴郁的死屋瞬间将变为教堂，这件事深深打动了其他难友的心，他们都下意识地受到新娘激动心情的感染，都急忙做这做那，借以掩饰自己内心的激动。男人把数量不多的几把椅子搬来排好，在铁制耶稣受难像前把蜡烛插成笔直的一行，把那张桌子布置得像祭坛一样。这当间，妇女们把在入狱途中同情者送给她们的些许鲜花匆匆编成一个细花环，戴在姑娘头上。这时，神甫同即将成为她夫君的罗伯特进了侧室，神甫先听取了新郎、后又听取了新娘的忏悔。两位新人走到临时祭坛前面，此时，持续几分钟之久，屋里声息全无，静得出奇，以致看守以为狱中发生了什么可疑之事，因而突然打开牢门，走了进来。当他发现屋里所作的那种奇特的准备时，他那黑黢黢的农民脸庞也不由自主地变得庄严、肃穆了。他站在门口，不去打扰他们，因此他自己也成了这次异乎寻常的婚礼的默默的见证人。

神甫走到桌前，简要地解释说：哪里人们愿意诚心诚意地在上帝面前结合在一起，哪里就是教堂和祭坛。说完他便双膝跪下，所有在场的人也随他一齐屈膝，屋里那么静，静得支支蜡烛的火苗也一丝不动。接着，神甫打破静默，问两位新人是否愿意生死与共。两人以坚定的声音回答："愿生死与共。"这个"死"字方才还是个恐怖的字眼，现在高昂而清晰地响彻这无声的屋子，再也没有一丝儿可怕了。这时神甫把他们的手放在一起，用这句话宣布他俩的结合："Ego auctoritate sanctae matris Ecclesiae qua fungor, conjungo vos in matrimoniam in nomine Patris et Filii et Spiritus sancti."①

---

① 拉丁文，意为："我凭圣母教堂的威望，并以此履行职责，以圣父圣子圣灵的名义让你们结为夫妻。"

至此，结婚仪式结束。新婚夫妇吻着神甫的手。难友们都挤上前来，一个个单独向这对新人说一句发自肺腑的至诚的祝福。此刻谁也没有想到死，就是感觉到死的人，也不再觉得死亡的可怕了。

　　这期间，刚才在婚礼上担任证人的那位朋友已经跟几个难友悄悄商量过，一会儿又见他们奇怪地忙活起来了。男人从旁边的小屋里把草褥子搬了出来。这时两位新人全身心都沉浸在梦一般的事态中，对已经完成的准备工作尚未觉察到。那位朋友走到他俩跟前，微笑着告诉他们说，他和他的难友都很想送给这对新人一件礼物，以庆贺这个大喜之日，可是对于那些连自己的生命都危如朝露的人来说，还有什么世俗的礼物可送呢！所以他们只想赠送一件新婚夫妇定会非常高兴并倍感珍贵的东西：腾出这间小屋给他们作洞房，让他俩安逸地度过一个新婚之夜，这最后一夜，难友们自己则宁愿在外屋挤一挤。"好好利用不多的几个小时，"他补充说，"逝去的生命是片刻也不会再还给我们的，谁在这样的瞬间还能得到爱情的赐予，谁就该尽情地加以享受。"

　　少女的脸羞红了，一直红到头发根，她的夫君则真诚地凝视着这位朋友的眼睛，激动得紧紧握住他那充满兄弟情谊的手。他们没说一句话，只是互相凝视着。

　　就这样，没有人大声安排，男人就都下意识地围在新郎身边，女人则围在新娘身边，大家庄严地手举蜡烛，把这对新人送进那间从死神那里借来的洞房，人人心里都洋溢着关怀之情，所以这种古老的婚礼习俗无意之中又出现了。

随后他们在这对新人身后轻轻关上房门，但是对于临近的合卺之欢谁也不敢开一句不得体的或是不干净的玩笑，因为自从大家对自己的命运已经无能为力，但却还能给予别人些微幸福以来，人人心头都默默升起一种特别庄严的感情。他们做了一点好事，也分散了对自己不可避免的厄运的注意力，对此大家都在心里暗暗感激不已。于是这些已被判决的人在黑暗中七零八落，或醒或梦地躺在各处的草褥上直至天明，屋里虽然充满了绝望的呼吸，但却很少听到有人叹息。

第二天一早士兵进来要将这八十四名犯人押赴刑场时，发现他们都已醒了，并且全都准备停当。只有旁边新婚夫妇的洞房里仍无声息，就连枪托把房门砸得哐哐响也没有将这两个精疲力尽的人吵醒。于是那位男傧相便赶忙悄悄跑进洞房，免得等刽子手去把这对幸福的人强行弄醒。他俩躺着，松松地搂抱在一起，她的手枕在他微微后倾的脖子下，像是忘了抽出来，即使在睡眠中脸上的表情凝固了，但他俩的脸庞仍很舒展，焕发着幸福的容光，以致那位傧相也大为感动，不忍心打扰这样的安宁。可是形势不容他迟疑，于是他便先将新郎摇醒，告诉他现在形势已很紧迫。新郎心醉神迷地一睁开眼睛，就伤心地想起了眼下的处境，于是便情意绵绵地将妻子从铺上扶起。她抬眼一看，像孩子似的被这突如其来的冰冷的现实吓得胆战心惊，但随即便对他会心地一笑，说："我准备好了！"

当这对新婚夫妇手拉手走进外屋时，所有的人都不由自主地给他们让开路，这样，这对新婚夫妇无意中就走在了这批被押赴刑场的死囚的人前头。市民们每天都看到那些被押往刑场的悲哀的队伍，对此已经习以为常，尽管如此，这次却诧异地目送这支奇特的队伍离去，因为走在队伍前面的两个人——一位年轻军官和那位头戴新娘花环的姑娘——洋溢着异乎寻常的快乐情绪和对幸福颇有把握的神态，因此即使很迟钝的人在这里也会虔敬地感觉到一个崇高的秘密。其他人也不像以往被押赴刑场的死刑犯那样慢腾腾地拖着疲疲沓沓的步子，而是每个人都以热情似火的目光和矢志不移的信任紧紧盯着这对新人。他们两人已经意想不到地三次实现了自己的愿望，在这两位幸福的人身上必定还会，一定还将再次出现奇迹，出现最后的奇迹，从而把大家从确定无疑的死亡中解救出来。

生活总是喜爱奇怪的事情，然而现实中的奇迹却很少出现。当时在里昂习以为常的事情现在终于发生了。这支囚犯队伍被押过大桥，来到勃罗多的沼泽地里，在那里等待他们的是十二队步兵，每三支枪的枪筒瞄准一个人。士兵把死囚一行行排好，一排子弹就把所有犯人撂倒。接着，士兵们就将尚在流血的尸体扔进罗纳河，滚滚急流漫不经心地将这些陌生人的脸庞和命运冲入河底。只有那个婚礼上用的花环从正在下沉的新娘头上缓缓脱落下来，还毫无意义地、十分显眼地在奔腾而去的波浪上飘浮了一阵。后来花环也消失了，对于那个从死神嘴唇上抢来的、因而更值得纪念的爱情之夜的记忆，也随着花环的消失而久久地被遗忘了。

图书代号：SK12N1022

图书在版编目（CIP）数据

象棋的故事 / （奥）茨威格（Zweig, S.）著；
韩耀成译．—西安：陕西师范大学出版总社有限
公司，2013.3（2021.8 重印）
ISBN 978-7-5613-6607-3

Ⅰ．①象…　Ⅱ．①茨…　②韩…　Ⅲ．①中篇
小说—小说集—奥地利—现代 ②短篇小说—小说
集—奥地利—现代　Ⅳ．① I521.45

中国版本图书馆 CIP 数据核字（2012）第 213725 号

象棋的故事
XIANG QI DE GU SHI

[奥] 斯蒂芬·茨威格 著　韩耀成 译

责任编辑	焦　凌
特约编辑	陈希颖
封面设计	hanyindesign
出版发行	陕西师范大学出版总社
	（西安市长安南路 199 号　邮编710062）
网　　址	http://www.snupg.com
经　　销	新华书店
印　　刷	山东临沂新华印刷物流集团有限责任公司
开　　本	880mm×1230mm　1/32
印　　张	7.5
插　　页	4
字　　数	150 千
版　　次	2013 年 3 月第 1 版
印　　次	2021 年 8 月第 5 次印刷
书　　号	ISBN 978-7-5613-6607-3
定　　价	39.80 元

读者购书、书店添货或发现印装有问题，请与营销部联系、调换。
电　话：(029) 85307864　85303629　传　真：(029) 85303879